KB116342

창밖의
아이들

제5회 문학동네청소년문학상 대상

창밖의
아이들

이선주 장편소설

문학동네

우주에 대해 들어 본 적이 있다.

가로등 불빛도 텔레비전 불빛도, 하다못해 반딧불이도 없는
아주 캄캄한 공간. 그 공간이 바로 우주의 고향이라고 했다.
우주는 자신과 닮은 공간을 도심 곳곳에 숨겨 놓았다.
반짝이는 공간에 터를 마련하지 못한 사람들은 어쩔 수 없이
우주의 공간으로 흘러들었다. 우주는 이제 아주 조금 남은 그곳을
지키기 위해 도시를 더욱 반짝이게 했다. 그리하여 우주를 닮은
그 공간에는 초대받지 못한 사람들이 살게 되었다.

1

란이는 침대에서 몸을 일으켰다. 보건실이었다. 내가 여기 왜 있지? 한순간 머릿속이 암전되는 듯했다. 찬찬히 기억을 되짚어보니 쓰러지던 순간이 떠올랐다.

교실이었고, 걷고 있었다. 어쩐지 배가 아파 화장실을 가야겠다고 생각했다. 요의는 아닌데……. 순간 웅성대는 소리가 들렸다. 쟤 뭐야? 뭐가 묻었어. 란이는 설마 자신을 두고 하는 말일 거라고는 상상도 하지 못한 채 계속 걸었다. 꼴에 여자라고…… 킥. 이번엔 남자애들 목소리가 들려왔다. 란이가 고개를 돌려 쳐다봤더니 뭘? 했다. 어떤 애는 급하게 집게손가락을 내렸다. 란이는 자신을 감싼 이상한 공기를 감지했으나 그게 뭔지 몰라 혼란스러웠다.

그때 2학기 내내 옆자리에 앉았던 짝이 란이에게 다가와 말했다. 너 엉덩이에 뭐 묻었어. 란이는 고개를 돌려 자신의 엉덩이 쪽을 보려고 애썼지만, 잘 되지 않았다. 란이는 손을 엉덩이 부근에 갖다 댔다. 축축했다. 뭐지? 생각하며 손을 눈앞으로 가져갔다. 그리고 쓰러진 것이다.

"정신이 좀 드니?"

보건 선생님이었다.

"생리한다고 쓰러진 애는 보건 선생 되고 니가 처음이다."

선생님이 짓궂게 말했다.

"좀 늦은 편이네."

란이는 고개를 끄덕였다. 맞다. 너무 늦었다. 친구들은 이미 초등학교 6학년이나 중학교 1, 2학년 때 모두 시작했다. 나는 왜 안하지? 이런 의문을 가져 본 적도 있지만 물어볼 사람이 없었다. 도대체 이걸 누구에게 물어봐야 할까. 하겠지 하겠지 생각은 해왔는데 이렇게 느닷없이 하게 될 거라고는 생각 못 했다.

"그래도 걱정 마. 종종 늦는 애들도 있으니까."

보건 선생님이 미소 지으며 말했다. 란이는 침대에서 내려와 신발을 신었다.

"얼른 화장실에 가서 속옷이랑 갈아입어."

보건 선생님이 란이에게 검정색 봉지를 건넸다. 그때까지 옆에 있는지도 몰랐던 클레어가 봉지를 대신 받았다.

"담임이 가 보라고 해서."

란이가 의아하게 쳐다보자 클레어가 말했다. 란이는 괜찮아, 라고 개미 목소리로 말하고는 클레어에게서 봉지를 뺏으려고 했지만 클레어는 봉지를 들고 빠르게 보건실을 나갔다.

란이는 하는 수 없이 보건실을 나섰다. 화장실 앞에서 클레어가 기다리고 있었다. 란이는 봉지를 받아 화장실로 들어갔다. 화장실 칸에 들어가 차례대로 옷을 벗기 시작했다. 우선 교복 치마를 벗었고 그다음 검정 스타킹을 벗었다. 마지막으로 팬티를 내리고는 유심히 살펴봤다.

검붉은 피로 그려진 지도였다.

란이는 한참 동안 지도를 바라봤고 뭔가가 달라졌다는 생각을 했다. 이전의 자신이 그냥 사람이었다면 지금은 여자가 되었다는 생각 말이다.

기술가정 시간이었다. 임신에 대해 배우고 있었다. 선생님은 칠판 앞에 서서 말했다. 월경을 시작하게 되면, 임신을 할 수 있는 몸이 됩니다. 진짜 여자가 됐다고 볼 수 있죠.

진짜 여자……. 란이는 태어나서 한 번도 여자가 되고 싶다고 생각해 본 적이 없다. 여자가 된다는 게 어떤 의미인지 알게 된 후로 쭉 그랬다. 란이는 이렇게 되묻고 싶었다.

여자가 되고 싶지 않다면요? 임신을 하고 싶지 않다면요?

그러나 묻지 못했다. 선생님이 뒤이어 여자가 된다는 건, 즉 월경을 시작하는 건 크나큰 축복이라고 말했기 때문이다. 란이는 동의할 수 없었다.

란이는 검정 봉지에 들어 있는 새 팬티를 꺼냈다. 팬티를 허벅지에 걸치고 생리대를 뜯었다. 생리대는 날개형으로 되어 있었다. 천사의 날개를 흉내 낸 것 같았다. 생리대에 붙어 있는 종이를 떼자 끈끈한 면이 나왔다. 끈끈한 면을 팬티에 붙이면 되는 것이다. 날개가 나란히 놓이게 붙이려 노력했지만 번번이 삐뚤어졌다.

몇 번의 시도 끝에야 정 가운데에 생리대를 붙일 수 있었다. 고작 생리대 하나 붙이는 데도 이렇게 많은 에너지가 필요할 줄은 몰랐다. 쉬운 게 없구나. 란이는 그런 생각을 하며 팬티를 올려 입었다. 생리대와 맞닿는 살의 촉감이 불쾌했다. 천사는 무슨……. 마치 기저귀를 찬 것 같았다.

란이는 스타킹을 신고 교복 치마를 마저 입었다. 그리고 화장실 칸에서 나와 세면대 거울 앞에 섰다. 손을 씻고는, 물이 묻은 손으로 얼굴을 비볐다.

거울 속에는 자신이 있었다. 퀭한 눈을 한 자신이 말이다. 찬찬히 얼굴을 뜯어보았다. 속 쌍꺼풀이 진 퀭한 눈에 낮은 코, 작은 입술의 왜소한 소녀가 보였다. 사람들이 보기에 예쁘다고 할 수 없는 얼굴이었다.

란이는 질끈 눈을 감았다 떴다. 그리고 입을 앙다물었다. 일자 입술을 한, 조금 화난 듯한 자기 얼굴이 어쩐지 마음에 들었다.

그것이 지금 이 순간, 란이에게는 유일한 위안이었다. 밖으로 나가자 멀리서 클레어가 걸어오는 모습이 보였다.

우아하다.

란이는 사뿐사뿐 걸어오는 클레어를 보며 우아하다고 생각했다. 우아하다는 말을 처음 들은 건 클레어의 엄마가 학교를 다녀간 직후였다.

정말 우아하지 않아?

누군가 운동장을 가로질러 걸어가는 클레어 엄마의 뒷모습을 보고 말했다.

클레어의 엄마는 검은색 외제차를 타고 학교에 왔다. 유기농 콩으로 만든 두유와 컵케이크를 반 애들 숫자에 맞춰 가져왔다. 클레어가 반장이 된 직후였다. 이래서 반장은 부자가 되어야 한다는 얘기를, 애들끼리 했다. 란이는 그런 말을 하는 애들을 유심히 지켜봤다. 클레어만큼 잘사는 애들은 아니었다. 그런데도 늘 잘사는 애 못사는 애 편을 나누었다.

란이는 자신이 못사는 편 중에서도 가장 하위에 속할 거라고 생각했다. 사실 이렇게 구체적으로 자신의 형편에 대해 생각한 건 중학교에 들어오게 되면서다.

초등학교는 지금 살고 있는 낙원동에 있는 학교였기 때문에 모두 사는 형편이 비슷비슷했다. 대부분 못사니 잘사는 게 특이한 것이지 못사는 건 특이한 게 아니었다. 란이는 누구나 동사무소에서 주는 쌀로 밥을 해 먹는 줄 알았고, 또 누구나 좁은 집에서 사는 줄 알았다. 그러다 중학교에 오면서 많은 것이 달라졌다. 란이는 추첨을 통해 낙원동이 아니라 바로 옆 동인 해원동에 있는 중학교에 오게 되었다.

더 이상 애들은 사는 형편이 비슷하지 않았다. 비교 대상이 생기자 가난은 이빨을 드러냈다. 배고픔을 느끼는 게 가난이 아니었다. 다들 스마트폰을 쓰는데 자신만 쓰지 못하는 것, 그게 가난이었다.

그런데 신기한 건 해원동 애들이었다. 그 애들도 란이가 느끼는 가난을 똑같이 느끼고 있었다. 그건 토원동에 사는 클레어 때문이었다. 클레어는 최신 기종의 아이폰을 가장 먼저 들고 왔고, 매일 아침 기사가 운전하는 차를 타고 등교했다. 아이들은 그런 클레어를 보며 자신들이 가난하다고 생각했다.

한편 란이를 보며 혀끝을 찼다. 실제 애들이 혀끝을 찬 건 아니다. 그들은 란이와 자기들을 차별화하기 위해 끊임없이 노력했다. 란이는 그런 아이들을 보며 혹시 그들이 클레어에게 받은 모멸감을 자신에게 그대로 갚아 줌으로써 자신들을 어떤 감정으로부터 보호하려는 게 아닐까 생각했다. 클레어가 직접적으로 그들에게 모멸감을 준 적은 없지만, 클레어가 신고 다니는 신발, 메고 다니는 가방, 입고 다니는 겉옷 등이 그들에게 비교 심리를 일으켰다. 비교보다 비참한 건 없었다.

란이는 자신이 클레어와 친구가 될 수 없을 거라고 생각했다. 그런데 지금 클레어가 자신을 향해 걸어오고 있었다. 무슨 목적이 있지 않고는 이럴 수는 없었다.

"겉옷이 안 보이더라. 우선 니 가방만 챙겨 왔어."

클레어는 란이에게 가방을 건넸다.

"담임한테 너 몸이 많이 안 좋은 것 같다고 했더니 조퇴해도 된대. 내가 데려다줄게."

"괜찮아."

"너 좀 많이 아파 보여. 그리고……."

클레어가 뜸을 들이다 말했다.

"사실 나도 몸 안 좋다고 거짓말했거든. 그럴 일이 있어서……. 암튼 집에 가는 길이니까 데려다줄게."

란이는 자기 멋대로인 클레어가 부담스러웠다. 같이 있는 게 어색하고 싫었다. 클레어는 그걸 아는지 모르는지, 자신이 입고 있던 패딩을 벗어서 란이에게 건넸다.

"이거 입어."

란이는 가방만 받아 교문을 향해 걸어갔다. 클레어는 괜찮다는 말에도 굳이 란이를 따라왔다. 란이는 한 번 더 돌아서서 괜찮다고 말했다.

"나도 괜찮아."

그런 뜻이 아니잖아, 라고 말하고 싶었으나 란이는 그냥 입을 다물었다. 교문을 빠져나와 버스 정류장으로 갔다. 거기까지 클레어가 따라왔다. 클레어가 란이의 어깨에 멘 가방을 벗기더니 자신의 패딩을 억지로 입혔다.

"하지 마."

"너 입술이 하얘. 하얗게 질렸어."

란이는 더 이상 실랑이를 하는 게 무의미하다고 판단해 클레어가 하는 대로 내버려 뒀다. 클레어는 맘대로 해도 된다는 뜻으로 알았는지 택시를 잡았다.

택시가 서자 란이를 먼저 택시 안으로 밀어 넣고 자신도 탔다.

"아저씨, 낙원동 행운아파트로 가 주세요."

내가 행운아파트에 산다는 걸 어떻게 알았지? 란이의 얼굴이 붉게 달아올랐다. 들키고 싶지 않았다. 낙원동에 산다는 건 알더라도 행운임대아파트에 사는 것까지는 들키고 싶지 않아 나름 조심했었다. 란이는 행운아파트라는 단어를 아무렇지 않게 말하는 클레어의 조심성 없는 태도가 불쾌했다. 자신에게는 이토록 중요한 문제가 클레어에게는 아무것도 아니라는 사실이 속상했다.

란이는 택시에 앉아 고개를 푹 숙였다. 시간이 지나자 조금씩 숨이 막혀 왔다. 등줄기에 땀이 찼다. 히터 때문인가 생각하다가 유독 상체만 덥다는 걸 깨달았다. 클레어가 벗어 준 몽클레어 패딩 때문이었다.

클레어가 클레어가 된 건 얼마 전이었다. 겨울이 시작되면서 애들은 패딩을 입고 오기 시작했다. 노스페이스, 블랙야크, 케이투, 네파 등 다양한 브랜드의 옷을 입고 왔다. 그리고 그 속에 몽클레어를 입은 클레어가 있었다.

클레어가 몽클레어를 입고 온 날, 아이들은 선망의 눈빛으로 클레어를 쳐다봤다. 물론 스스로는 부정할 것이다. 그러나 란이는 봤다. 애써 외면하려는 눈, 별거 아니라고 무시하려는 눈, 대놓고 부러워하는 눈, 자신도 갖고 있다는 동지애로 동공이 살짝 커진 눈 들을 말이다. 란이는 놀라지 않았다. 몽클레어가 뭔지 몰랐으니까. 그날 밤, 집으로 돌아와 인터넷을 켜 보고서야 알았다. 클레어가 입고 온 패딩이 200만 원을 훌쩍 넘는다는 것을 말이다. 그건 란이네의 육 개월 치 임대료와 관리비를 합친 것보다 비쌌다. 누군가는 그걸 옷으로 입고 다닐 수 있다는 게 놀라웠다. 클레어는 그날 이후로 예솔이라는 이름 대신 클레어라고 불렸다. 질투심이 섞여 있는 별명이었다.

"여기 맞지?"

클레어가 란이의 어깨를 툭 쳤다. 깜빡 잠이 들었던 모양이다. 눈을 뜨고 주변을 살펴보니 맞았다. 란이가 고개를 끄덕였다.

"아저씨, 잠깐만 기다려 주세요. 저 이거 타고 엔캐슬 갈 거거든요."

클레어가 말을 하고는 차에서 내렸다. 란이도 내려서 몽클레어를 벗어 클레어에게 건넸다. 클레어는 패딩을 받으며 아파트를 둘러보더니 어, 하며 고개를 갸우뚱했다.

"왜?"

란이가 묻자 클레어가 아파트를 가리키며 말했다.

"와, 짐이 엄청 많네."

란이는 클레어의 집게손가락을 따라 고개를 돌렸다.

"그게 뭐?"

"그냥, 집집마다 다 그렇길래."

란이는 다닥다닥 붙은 행운임대아파트 베란다를 쳐다봤다. 클레어의 말대로 집집마다 짐이 쌓여 있었다. 태어나 한 번도 이곳을 벗어나 본 적이 없건만, 란이는 베란다마다 짐이 켜켜이 쌓여 있다는 걸 오늘에야 알았다. 클레어가 인지시켜 준 후에야 말이다.

"아니 그냥 좀 궁금해서. 다른 뜻은 없어."

클레어가 인사를 하고는 다시 택시를 탔다. 란이는 데려다줘서 고맙다는 말을 하지 않았다는 게 떠올랐다. 경계하느라 신경이 바짝 서 타이밍을 놓친 것이다. 그러다 다시 생각해 보니 고마워해야 할 일이 아니었다. 란이가 도움을 요청한 게 아니었다. 제멋대로 도움을 주고는 잘난 척을 한 것이다. 오히려 화를 내야 할 상황인 것도 같았다. 에이 몰라. 란이는 혼잣말을 하면서 집으로 걸어갔다.

란이는 계단을 올라가기 전에 아파트를 한 번 더 올려다봤다. 짐이 쌓여 있는 이유를 알 것도 같았다.

클레어의 엄마는 매일 아침 청소를 하고, 필요 없는 물건을 버리고, 필요한 물건을 사들일 것이다. 가끔 꽃집에 가서 화려한 꽃을 사다가 투명한 꽃병에 꽂아 둘 수도 있다. 돈과 시간이 모두 있으니 말이다. 그러나 이곳 사람들은 아니다.

할머니만 봐도 그렇다. 여름이 끝나면 선풍기를 대충 베란다에 던져 놓고, 겨울이면 베란다에 구겨 넣었던 이불을 꺼내 온다. 옷이 안 맞으면 베란다에 던져 두고 걸레가 필요하면 베란다에서 아무거나 집어 쓴다. 할머니에게는 무언가를 정리할 시간도 여유도 없다. 그저 하루하루 살아갈 뿐이다.

할머니는 지금쯤 갈빗집에서 불판을 닦고 있을 것이다. 갈빗집 주방도 아닌, 주방과 연결된 뒷골목에서 말이다. 오늘처럼 바람이 강하게 부는 날이면, 이 바람을 온몸으로 받아 내며 갈비 찌꺼기가 붙어 있는 불판을 닦아야 한다. 할머니가 그렇게 일하는 대가로 임대료도 내고 최소한의 생활도 할 수 있다. 이런 생각을 하면 할머니가 안쓰럽다가도 그 남자를 떠올리면 그 생각이 확 가신다.

남자는 지금쯤 거실에서 텔레비전을 보고 있을 것이다. 란이는 남자를 생각할 때면 자신에게 주어진 인생을 원망하지 않을 수 없었다. 나는 왜 이런 사람을 아빠로 둘 수밖에 없는가. 그 사실이 너무나 무겁게 느껴져서 슬펐다.

슬펐다는 말이 딱 맞았다.

란이는 엄마가 사라졌다는 것, 할머니가 이미 꼬부라진 허리를 더욱 굽혀 하루 여섯 시간씩 설거지를 해야만 한다는 것, 평생 행운임대아파트를 떠나지 못할 수도 있다는 것, 자신은 '보통'의 아이들과 다르다는 것, 이 모든 것이 하루 종일 거실에서 텔레비전만 보는 아빠 때문이라는 걸 알게 된 후 그를 아빠라고 부르지 않기로 결심했다. 그는 하루 종일 아무것도 하지 않았다. 아무것도 하지 않음으로써 모든 것을 망쳐 버렸다. 란이는 참 대단한 능력이라고 생각했다.

란이는 엘리베이터 버튼을 눌렀다. 엘리베이터는 8층에서 내려오지 않았다. 짜증이 솟구쳤다. 가뜩이나 아까부터 창자가 꼬인 것처럼 배가 아프던 참이었다. 누군가 란이에게 창자가 꼬인 것처럼 아픈 건 어떻게 아픈 거냐고 묻는다면 두부를 흰 천에 싼 뒤 물을 빼기 위해 돌려 짜는 듯한 느낌이라고 말할 것이다.

계단으로 올라가야 할까? 이런 생각을 할 때쯤 엘리베이터가 내려오기 시작했다.

역시나 아줌마 짓이었다.

란이가 살고 있는 복도식 아파트에는 엘리베이터를 기점으로 한 층에 각 다섯 가구씩 살고 있다. 란이네는 8층 오른쪽 끝 집이고 아줌마는 란이 바로 옆집에 산다. 사실 엘리베이터가 8층에 오랫동안 멈춰 있을 때부터 아줌마일 거라고 생각했다.

아줌마는 정아 언니의 엄마인데, 정아 언니는 늘 자기 엄마에 대해 말할 때면 이기주의자라는 말을 빼놓지 않았다. 그러다가도 여자 혼자 몸으로 사는 게 얼마나 퍽퍽하겠어, 했다. 그럴 때면 언니가 아줌마의 딸이 맞긴 맞구나 싶었다.

"너구나. 이것 좀 받아라."

한 손으로는 콩이를 안고, 한 손으로는 쓰레기봉투를 들고 있던 아줌마가 란이를 보자마자 봉투를 내밀었다.

"뭐 해? 안 받고."

란이는 입술을 삐쭉대며 봉투를 받았다.

"이놈의 새끼가 울긴 왜 처울어. 아이고, 내가 제명에 못 살지."

아줌마는 말은 그렇게 하면서도 한 손으로 콩이를 토닥거렸다.

"똥을 얼마나 싸는지 기저귓값으로 한 달 생활비가 다 나간다. 이 웬수. 한강에 빠뜨려 버릴 수도 없고……. 내가 전생에 무슨 죄를 지었다고 이런 벌을 받는지. 미친 계집애, 저승에서라도 내 눈에 띄지 말라고 해! 내가 머리끄덩이를 다 쥐어뜯어 버릴 테니까."

아줌마가 란이를 보자 대화 상대를 만났다는 듯이 말을 쏟아냈다. 더 있다가는 아줌마의 수다에 압사당하고 말 것이다.

"안녕히 가세요."

쓰레기장 쪽으로 돌아서며 란이가 선수를 쳤다.

"그래. 아침부터 애가 코를 지랄맞게 훌쩍여서 병원 가 보려던 참이었다. 참, 할머니는 아직도 허리 아프시니?"

"아니요, 어제부터 일 다시 나가세요."

"그래, 아프면 안 되지. 하루 벌어 하루 먹고 사는데. 너희 할머니나 나나 자식 복도 지지리도 없지. 간다."

아줌마는 콩이를 안고 걸어갔다. 누가 보면 늦둥이로 오해할 만한 모습이었다. 아줌마가 정아 언니를 열여덟에 낳았고, 정아 언니가 열여덟에 콩이를 낳았으니 그럴 만도 했다. 너무 젊은 할머니, 그래서 누구도 할머니라 부를 수 없는 할머니였다. 차라리 아줌마가 콩이의 엄마였으면 더 좋았을걸. 그러나 가정법은 언제나 소용이 없다. 란이는 봉투를 내다 놓고 돌아와 엘리베이터를 탔다.

현관문을 열자 비스듬히 누워 텔레비전을 보는 남자가 보였다. 익숙한 풍경이다. 남자가 하는 일이라곤 밥을 먹고 텔레비전을 보는 일밖에는 없다. 남자는 자식이 밥을 먹든, 엄마가 아픈 몸을 이끌고 찬 바람을 맞아 가며 설거지를 하든 상관하지 않는다. 란이는 가끔 남자가 정말 살아 있는 건지 궁금했다. 숨만 쉬는 사람도 살아 있다고 해야 하는 건지, 누구에게라도 묻고 싶었다.

란이는 가방을 내려놓자마자 인터넷을 켰다.

2

"끝이란 새로운 시작과도 같은 말이다."

오십 대 후반의 담임은 마치 졸업식에서나 할 법한 이야기를 늘어놓았다. 하긴, 중학교 3학년 겨울방학이니 졸업식이나 마찬가지였다. 란이는 빨리 담임의 잔소리가 끝나길 바랐다. 얼른 집으로 돌아가 아르바이트를 찾아봐야 했다.

담임이 침을 한번 삼킨 후에 다시 말을 이었다.

"다들 이제 어른이야. 중학교 마쳤으면 더 이상 애들이 아니란 말이지. 나는 말이야."

여기까지 말하고 담임은 부끄러운 듯 미소를 지었다. 마치 소년처럼.

"벌써 중학교를 졸업한 지 사십 년이 넘었어. 까마득해. 기억도 가물가물하고. 근데 지금 나이 돼서 돌아보니까 그래도 그때가 좋았다 싶어. 너희들은 얼른 어른이 되고 싶지? 근데 어른이 되면 더 이상 되고 싶은 게 없어. 앞으로 죽을 일만 남았지. 이런 얘기 왜 하나 싶지? 그래, 다들 엉덩이가 근질근질한 것 같으니까 내 딱 한마디만 할게. 항상 주변을 돌아보고 살아. 혼자인 것 같아도 결국은 다 같이 사는 거야."

담임이 말을 마치고 교실을 나갔다. 늘 공부 이야기만 하던 담임이 다른 이야기를 하자 마지막이라는 게 실감되었다. 란이는 얼마 전 담임과 했던 상담이 떠올랐다.

담임은 꿈이 뭔지 물었다. 누군가 그런 걸 물어본 게 처음이었다. 란이는 뭐라고 말해야 할지 몰라 우물쭈물했다. 그러자 담임이 란이의 손을 잡고는 포기하지 말라고 했다. 무엇을 포기하지 말라는 건지는 말하지 않았다. 란이는 고개를 끄덕였다.

란이는 사물함에서 책들을 꺼냈다. 그때 클레어가 란이를 스쳐 지나갔다. 그날 이후, 란이는 클레어와 따로 말을 나눠 본 적이 없다. 당연한 일이었다. 원래 친구가 아니었고, 이후로도 딱히 말을 할 일이 없었다. 같은 교실에서 공부한다고는 하지만 동선이 달랐고 친구들이 달랐다. 엄밀히 말하자면 란이는 친구가 거의 없었고 클레어는 친구들에 둘러싸여 살았다.

란이가 왕따는 아니었다. 다만 속마음을 이야기하고 하교 후 떡볶이를 같이 먹을 정도의 친밀한 친구가 없었다. 초등학교 때는 민정이라는 친구가 있었는데, 서로 다른 중학교에 가게 되면서 연락이 거의 끊겼다.

클레어는 선생님이나 친구들, 모두가 좋아하는 스타일이었다. 원래 공부만 잘하거나 얼굴만 예쁘면 미움을 받기 마련이다. 그런데 공부도 잘하고 얼굴까지 예쁘면 동경을 받는다. 따라잡을 수 없으니까. 거기에 집까지 부자면 누구도 함부로 대하지 못한다. 애들은 안다. 건드려도 되는 아이와 건드리면 안 되는 아이를. 란이는 클레어 뒤를 따라가는 애들을 한참을 바라보다 서둘러 교실을 나왔다.

집에 도착하자마자 인터넷을 켰다.

인터넷 세상에서는 하루 동안 많은 일들이 있었다. 검색어 1위는 무명 배우 이름이었다. 자살을 한 모양이었다. 란이는 놀라지 않았다. 어느 날부턴가 란이는 누군가 죽는 일에 무관심하게 되었다. 그럴 수밖에 없는 것이, 인터넷 세상에서는 늘 사람이 죽었다.

성적을 비관한 학생이 아파트 옥상에서 투신한 일, 노인 요양원에 불이 나 치료를 받던 노인들이 사망한 일, 중년의 가장이 창문 하나 없는 1.5평짜리 방에서 연탄불을 피워 놓고 자살한 이야기는 어제도 듣고 오늘도 듣고 내일도 들을 일이었다. 사람들은 계속 죽어 갔고, 정부는 인구 감소를 걱정해 출산 장려 정책을 펼쳤다. 란이는 그런 기사를 볼 때면 피식 조소가 나왔다. 웃지 않을 수가 없었다.

이미 낳아 놓은 애들부터 죽지 않게 하란 말이야.

란이는 입을 앙다물며 구직 사이트에 들어갔다. 손 놓아 버리는 건 쉽다. 그러나 아직까지는 그러고 싶지 않았다. 잘 살지는 못해도 꿋꿋이 살아 내고 싶었다. 그러기 위해서는 올 겨울방학에 꼭 해야만 하는 일이 있다. 그 일을 하기 위해서는 돈이 필요하다. 우선 돈을 벌어 그 일을 하고, 혹시 돈이 조금 남는다면 스마트폰을 살 것이다.

반 애들 중 스마트폰이 없는 애는 란이밖에 없었다. 아무리 못 살아도 다들 스마트폰 한 대쯤은 갖고 있었고, 개중에는 신제품이 출시되면 곧바로 바꾸는 애들도 있었다. 처음 조별 과제를 했을 때였다. 그럼 주제 정하는 건 단톡방에서 하자, 고 조장이 말했다. 란이는 저…… 라고 했고, 한 아이가 눈치챘다. 그 아이가 단톡방에서 주제를 정하면 란이에게 문자로 알려 주는 역할을 맡았다. 주제는 몇 글자 안 되니 괜찮았지만, 발표를 누가 할 것인지, PPT는 어떻게 만들 것인지 하는 이야기는 너무 길었다. 그 아이가 장문의 문자메시지를 보낸 후였다. 란이가 뭐라 말하지도 않았는데, 미안해하지 않아도 돼, 라는 문자메시지가 왔다. 순간 란이의 손끝이 살짝 떨려 왔다.

란이는 고등학교에 가기 전에 스마트폰을 마련하겠다고 생각했다. 그러나 중학교 3학년이 할 수 있는 아르바이트는 별로 없었다. 부모 허락도 필요했고, 시간 제약도 있었다. 미성년자보호법이 그렇다고 했다.

란이는 페이지를 계속 넘기다 어느 시점에 멈췄다. 시급도 제법 세고, 부모 동의도 필요 없는 아르바이트였다.

오전 10시부터 오후 5시까지 저희가 나눠 주는 전단지를 아파트마다 붙이고 오면 됩니다. 시급 6,000원이고 매일 일이 끝나면 그 자리에서 42,000원씩 드립니다. 한 달 정도 꾸준히 일하시면 다음 달부터는 일당 50,000원 드립니다. 아무것도 필요 없고 신체 건강하기만 하면 되니 많은 지원 부탁드립니다. 010-0000-0000 최재원 실장.

란이는 휴대폰에 전화번호를 입력했다. 이만하면 꽤 괜찮은 조건이었다. 아르바이트 임금은 대부분 최저 시급에 맞춰져 있었다. 그마저도 주기 싫을 땐 배우면서 일할 사람을 찾았다. 란이는 그런 구인 광고를 볼 때면 배우면서 일한다는 말의 뜻에 대해 의문을 품지 않을 수 없었다. 어떤 일이든 일을 하려면 배우지 않을 수가 없는데 왜 군이 배우면서 일할 사람을 찾는다는 것인지 말이다. 세상 모든 시스템이 거북이 등딱지같이 단단하게 닫혀 있는 것 같았다.

란이는 언젠가 인터넷에서 봤던 다단계 회사가 떠올랐다. 피라미드 모양으로 되어 있어 가장 아래에 있는 사람이 착취당하는 시스템이었다. 사람들은 피라미드의 제일 꼭대기에 자신도 올라갈 수 있다는 희망을 품고 다단계에 빠져든다고 했다. 취업 준비생이나 형편이 어려운 사람일수록 빠질 가능성이 높다고 했다.

란이는 고개를 가로저었다.

세상이 이미 다단계인데 왜 다단계로 도피를 하지? 세상은 바보 같고 사람들은 더 바보 같았다. 그리고 란이는 자신도 언젠가 바보 같은 어른이 될 거라는 걸 알고 있었다.

란이는 목이 말라 거실로 나갔다. 남자는 역시나 텔레비전을 보고 있었다.

남자가 언제나 그랬던 건 아니다.

지금은 란이에게 '역시나' 텔레비전을 보는 사람이지만 한때는 '아직도'였고, 그 전에는 '그래도'였던 사람이다. 그리고 '언젠가'였던 사람이기도 하다.

공장에 다니던 아빠는 기름 냄새를 풍겼다. 아주 가끔은 페인트 냄새를 풍기기도 했고, 또 어떤 날은 술 냄새를 풍기기도 했다. 그런 날은 자고 있는 란이의 얼굴에 마구 뽀뽀를 했다. 쑥스러움을 많이 타는 그가 유일하게 용기를 내는 순간이었다.

회사 사정이 어려워지자 그가 제일 먼저 해고되었다. 그는 피라미드의 가장 아래에 있었다. 처음에는 이곳저곳에 원서도 내 보고 일용직 노동도 했지만, 어느 날부터 아예 손을 놓아 버렸다.

엄마가 나간 것도 그때쯤이었다. 집을 사려고 모아 놓은 돈은 이미 생활비로 많이 썼고, 더 있다가는 바닥날 판이었다. 엄마는 남은 돈을 가지고 이곳을 떠났다.

란이는 남자를 힐끗 보고는 다시 방으로 돌아왔다.

전화를 걸었다. 신호가 세 번쯤 갔을 때 저쪽에서 전화를 받았다.

"네, 우림광고사무소입니다."

"아, 네, 저 광고 보고······."

여기까지 말했는데 남자가 말을 잘랐다.

"내일부터 돼?"

반말이었다.

"네?"

"내일부터 알바 가능하냐고. 그것 때문에 전화한 거 아니야?"

"맞아요."

"너 어디 살아?"

"저······ 낙원동이요."

"보자, 그래. 거기 낙원역 1번 출구 앞에 맥도널드 있지? 거기로 9시 반까지 와."

"내일요?"

"그래, 내일. 혹시 못 올 것 같으면 다시 전화 주고. 사람 허탕치게 하지 말고."

뚝. 란이가 대답할 새도 없이 전화가 끊겼다. 이렇게 쉽게 아르바이트를 구하게 되리라고는 생각 못 했다. 급작스럽기는 하지만 하루라도 일찍 일하면 그만큼 돈을 빨리 모으게 되니 나쁠 건 없었다.

란이는 이불도 깔지 않은 채 바닥에 누웠다.

3

"할머니! 나! 좀! 나갔다! 올게!"

대답이 없었다. 못 들은 모양이었다. 란이는 더 크게 말했다.

"할! 머! 니! 나 좀 나갔다 올! 게!"

부엌에 있던 할머니가 그제야 고개를 돌렸다.

"어데!"

"그냥!"

란이는 대충 대답하고는 집을 빠져나왔다. 남자는 란이를 힐끗 보고는 다시 텔레비전으로 눈을 돌렸다.

할머니는 귀가 어둡다. 할머니 말로는 토원동에 살 때부터 그랬다고 한다.

할머니는 실향민이었다. 피난길에 부모, 형제 모두 잃고 혼자가 되었다. 딱하게 여긴 국밥집 주인 부부가 할머니를 거뒀다. 그 대가는 혹독했다. 채 어린 티를 벗기도 전에 가게 일과 그 집 부엌 일까지 해야 했다. 그러다 뻥튀기 장수인 할아버지를 만나 행복구 토원동에 정착하게 되었다고 한다. 잉꼬부부라는 소리를 들을 만큼 사이가 좋았던 할머니, 할아버지는 뻥튀기를 팔 때도 늘 함께였다고 한다. 할머니는 토원동 살던 이야기를 할 때면 난쟁이 이야기를 빼놓지 않았다.

그때 난쟁이 부부가 있었어. 아니 여자는 정상이었는데 남자가 난쟁이였지. 몸은 그래도 얼마나 성실하고 손끝이 야무졌는지. 그 사람이 고쳐 준 수도꼭지는 절대 고장 나는 법이 없었어. 애들은 또 얼마나 예뻤다고. 영수, 영호, 영희. 내가 아직도 이름을 기억해. 특히 막내 영희는 얼마나 희고 예뻤는지……. 그때 뿔뿔이 흩어지면서 아직까지 소식을 모르네. 모르긴 몰라도 첫째가 공부를 잘했으니 지금쯤 판검사는 되어 있을 거여. 잘 살 거여.

할머니는 그렇게 살고 있을 거라 생각하는 게 아니라, 꼭 그렇게 살아야만 한다는 바람으로 말하는 것 같았다. 그러나 란이는 그들이 잘 살 것 같지 않았다. 기껏해야 자신처럼 살고 있을 거라고 생각했다.

할머니는 토원동이 재개발되면서 이곳저곳 쫓겨 다니다가, 마지막으로 이곳에 정착했다. 그 과정에서 할아버지가 돌아가셨고, 사 형제 중 첫째 둘째가 죽었다고 했다. 셋째인 남자와 막내 고모

만 살았다. 막내 고모는 부잣집으로 시집갔다고 했다. 란이는 막내 고모를 한 번도 본 적이 없다.

삼촌들은 왜 죽었어? 란이가 물었을 때 할머니는 이렇게 대답했다.

사람 팔자가 맘대로 되간.

초등학교도 들어가기 전이었기 때문에 란이는 그 말이 무슨 뜻인지 이해하지 못했다. 그렇지만 가끔, 뭔가 억울하다는 생각이 들 때면, 그 말이 떠오르기도 했다. 사람 팔자가 맘대로 되간. 그 말에는 많은 질문에 대한 답들이 내포되어 있었다. 가령 왜 저런 남자를 아빠로 둘 수밖에 없는지, 왜 가난한 집에서 태어났는지, 왜 엄마가 도망갔는지, 왜 얼굴이 예쁘지 않은지 등등 말이다.

밖으로 나왔더니 거센 바람이 얼굴을 훅 스쳐 지나갔다. 란이는 몸을 움츠렸다. 패딩이 푸시시 소리를 냈다. 사우스페이스라는 글자와 로고가 달린 검은색 패딩이었다. 겨울이 되자 할머니가 사 왔다. 갈빗집 하루 일당을 모두 주고 샀다고 하니 3만 원 정도는 될 것이다. 차라리 아무 로고도 없었으면 좋았을걸……. 란이는 생각했지만, 가게도 아닌 좌판에서 산 패딩을 환불할 수는 없었다.

란이는 학교에는 입고 가지 않는 걸로 마음을 정했다. 할머니가 왜 입고 가지 않느냐고 물었지만 란이는 짧게 대답했다. 덥고 귀찮아. 할머니는 끙 소리를 내고는 더 이상 말하지 않았다.

할머니가 어떻게 알겠는가. 추위라는 육체적인 고통보다 모멸이라는 마음의 고통이 더 중요한 것을 말이다. 란이는 할머니가 모르는 게 당연할 거라고 생각했고 그래서 원망하지 않았다. 아니, 원망하지 않으려 노력했다. 노력하지 않으면 자꾸 원망하게 됐다. 할머니를, 그 남자를, 세상을, 그러다 자신까지 원망했다. 내가 이렇게 태어난 건 내 잘못이야, 와 내 잘못이 아니야, 가 충돌했고 상황에 따라 전자가 이기기도 했고 후자가 이기기도 했다. 전자가 이기는 날이면 더 괴로웠다. 그래서 후자가 이기도록 노력했다.

맥도널드에서 오 분 정도 기다렸을까. 회색 승합차가 앞에 섰다. 앞 창문이 열리더니 운전석에 탄 남자가 란이를 보고 소리를 질렀다.

"너지? 타!"

란이의 대답도 듣지 않은 채 뒷문이 열렸다. 곧 신호가 바뀔 것 같아 란이는 승합차에 탔다. 타자마자 차가 출발했고, 몸이 옆으로 쏠렸다. 왼쪽을 보니 또래로 보이는 남자애가 중심을 잡으려고 애쓰고 있었다. 어디서 본 얼굴인데. 란이가 남자애를 자세히 쳐다봤다.

콩이랑 닮았다! 좁은 눈, 낮은 코, 작은 입술이 콩이와 닮았다. 거기에 바짝 말라 왜소한 몸이 더욱 남자애를 앳돼 보이게 했다.

란이의 시선을 느꼈는지 남자애의 얼굴이 살짝 붉어졌다.

어디로 가는지 얼마나 걸리는지는 아무도 말해 주지 않았다.

차는 낙원동을 지나 해원동으로 진입했다. 행복구에서 두 번째로 땅값이 비싼 동네였다. 그러나 해원동 사는 애들도 중산층은 아니라고 했다. 잘사는 것도 아니고 가난한 것도 아니면 중산층인 줄 알았는데, 그게 아닌 모양이었다. 사회 선생님 말로는 중산층이 점점 사라진다고 했다. 란이의 부모도 한때 중산층이 될 거라는 희망을 가지고 살았던 적이 있었을 것이다. 남자의 해고로 인해 그 꿈이 깨진 후, 가족도 깨져 버렸다.

행복구에서 가장 비싼 동네는 토원동이었다. 부자들은 자기들끼리 모여 사는 것을 좋아했다. 자신들에게 필요하다고 느끼면 그곳에 살던 사람들을 불도저로 몰아내고 아파트를 짓는다. 난쟁이 부부처럼, 이전에 살았던 사람들은 흔적도 없이 사라졌다.

낙원동에서 해원동으로 진입하는 입구에는 안내판이 하나 있다. '여기서부터 해원동입니다'라고 쓰인 안내판을 지나니 크고 작은 아파트 단지들이 보였다. 빌딩과 단독주택 등도 간간이 보였지만 대부분 아파트였다.

반 애들과 마주치면 어떡하지?

순간 그런 생각이 들었지만 란이는 이내 고개를 흔들었다. 그렇다고 해도 어쩔 수 없는 일이었다. 란이는 자신이 오늘 이곳에 왜 나왔는지를 다시 한번 생각했다. 자신도 모르게 주먹 쥔 두 손에 불끈 힘이 들어갔다.

승합차는 아파트 입구에 멈춰 섰다. 해원아파트였다. 다시 차문이 열렸고, 모두들 내렸다. 란이도 따라 내렸다.

애들이 최 실장을 가운데 두고 뼁 둘러섰다. 소곤대는 소리를 들으니 조선족 애들도 섞여 있는 것 같았다. 나이는 제각각으로 보였지만 란이처럼 중학생으로 보이는 애는, 아까 콩이와 닮은 그 애밖에 없었다.

최 실장은 구역을 정해 줬다. 각자 승합차 뒷문을 열고 전단지를 챙겼다. 그러고 보니 모두들 백팩을 메고 있었다.

"오늘 처음인 사람들은 옆의 선배 따라 하면 돼. 근데 너, 너."

최 실장의 집게손가락은 란이를 가리키고 있었다.

"네?"

"왜 가방 안 가지고 왔어?"

"그런 말 없었는데……."

"오늘은 빌려줄 테니까 내일부터는 꼭 가져와."

최 실장이 승합차 앞자리에서 가방을 하나 꺼내 와 란이에게 건넸다. 란이는 얼떨결에 가방을 받아 들었다. 최 실장은 아파트 뒤쪽에 차를 대 놓을 테니 전단지가 다 떨어지면 오라고 하고는 차를 타고 떠났다.

란이는 콩이를 닮은 남자애를 빤히 쳐다보았다.

"걱정 마. 그냥 나만 따라 하면 돼."

발음이 이상했다. 분명 표준어를 쓰고 있는데, 표준어 같지가 않았다. 조선족인가.

"그렇게 보지 마."

란이가 자신을 이상하게 본다고 느꼈는지 남자애가 신경질을 냈다.

"그런 거 아니야."

란이가 애써 변명을 했다. 왜 변명을 해야 하는지는 모르겠지만, 그래야 할 것 같았다. 남자애는 란이에게 전단지를 건넸다. 학원 전단지였다.

더 높이! 더 멀리! 성공을 향한 높이뛰기! 스파르타 교육!
안 하면 때려서라도 가르칩니다. 믿고 맡겨 주십시오!
넘버 원으로 만들어 드리겠습니다. ─스파르타 수학 학원

때리겠다면서 믿고 맡겨 달라니. 이런 전단지를 보고도 이 학원에 보내는 부모가 있을까? 란이는 고개를 갸우뚱했다.

란이는 전단지를 가방에 쑤셔 넣고 남자애를 따라 101동으로 걸어갔다.

"이름이 뭐야?"

란이는 남자애를 빤히 쳐다봤다. 누군가 자신에게 이름을 물어본 게 아주 오랜만이라는 생각이 들었다.

"말하기 싫으면 안 해도 돼. 나는 민성이야."

"란. 유란."

란이는 작은 목소리로 이름을 말하고는 걸음을 재촉했다.

101동 앞에 섰지만 입구는 굳게 닫혀 있었다. 카드가 있거나 비밀번호를 알아야만 들어갈 수 있게 되어 있다. 란이가 사는 행운임대아파트와는 달랐다.

유모차를 밀고 온 여자가 카드 키를 인식기에 대자 문이 열렸다. 민성이가 란이의 옷소매를 잡아당겼다.

민성이와 나란히 들어가 엘리베이터를 탔다. 여자가 버튼을 누르지 않자 민성이가 맨 꼭대기 층인 15층을 눌렀다. 그러자 여자가 8층을 눌렀다. 도둑질을 하는 기분이 들었다. 뭔가를 훔치러 가는 길이 아니라, 단지 전단지를 붙이러 가는 길임에도 도둑고양이가 된 것 같아 호흡이 가빠졌다. 이를 눈치챘는지 민성이가 란이의 소매를 살짝 잡았다.

여자가 란이를 힐끗 쳐다봤다. 란이는 자기도 모르게 오른쪽 가슴에 손을 갖다 댔다. 사우스페이스 로고가 찍힌 자리였다. 엘리베이터가 8층에 도착하자 여자가 내릴 준비를 했다. 그 순간 유모차에 타고 있는 아기와 눈이 마주쳤다. 아기는 란이를 향해 방긋 웃었다. 경계가 없는 웃음이었다. 란이는 자기도 모르게 살짝 미소를 지었다.

엘리베이터가 15층에 섰다. 민성이는 자신이 하는 것을 보라고 했다. 민성이는 전단지 한 묶음을 왼쪽 팔에 걸쳐 놓고 오른쪽 손에는 투명 테이프를 들었다. 한 손으로만 테이프를 떼 전단지에 붙인 후에 그대로 전단지를 들어 올려 손잡이에 붙였다. 많이 해 봤는지 이 과정이 채 오 초도 걸리지 않았다.

"꼭 손잡이에 붙여야 돼. 그래야 문 열면서 보니까."

민성이가 란이에게 다짐을 받듯 말했다. 란이는 고개를 끄덕였다.

한 층에 두 가구씩 있으니 일은 십 초밖에 걸리지 않았다. 붙이는 게 힘든 게 아니라 계단을 내려가는 게 힘들었다. 그렇게 1층까지 내려가자 허벅지 근육에 묵직한 통증이 왔다.

"벌써 그러면 어떡해. 한참 더 돌아야 하는데."

비난조였으나 눈길은 걱정스러웠다. 민성이는 란이에게 물을 건넸다. 물은 달았다. 란이는 정확히 반 통을 마시고는 민성이에게 돌려주었다.

네 동을 끝내자 다리에 힘이 쭉 빠졌다. 더 이상 못 할 것 같다는 생각이 들었다. 민성이는 힘든 내색 한번 없이 꿋꿋이 한 동 한 동을 돌았다. 쟤는 뭐 때문에 이렇게 열심히 할까. 문득 궁금해졌지만 묻지 않았다.

다섯째 동을 돌고 있는데 민성이가 란이에게 투명 테이프를 내밀었다.

"이젠 니가 한번 해 봐."

란이는 고개를 끄덕였지만 긴장이 되었다. 왼쪽 팔에 전단지를 걸치고, 오른손으로 테이프를 잡았다. 민성이처럼 한 손으로 테이프를 떼는 건 무리였다. 몇 번 실패하자 민성이가 전단지를 도로 가져갔다.

15층부터 다시 시작이었다.

란이가 테이프를 떼 민성이에게 주면, 민성이는 전단지를 손잡이에 붙였다. 시간이 조금씩 단축됐다. 6층이었다. 민성이가 전단지를 손잡이에 붙이는데 안에서 소리가 들려왔다. 누군가 밖으로 나오려는 모양이었다. 민성이가 란이의 손을 잡아끌었다. 계단을 내려가는데 란이가 악! 소리를 냈다. 발목을 접질린 것이다.

민성이가 급하게 란이의 입을 틀어막았다. 그 순간 606호의 문이 열렸고, 안에서 아줌마가 나왔다. 모자에 코트를 입은 걸로 봐서는 나들이라도 나가는 것 같았다. 란이는 다리가 아프다는 생각보다는 아줌마가 자신을 발견할까 겁이 나 숨을 죽이고 있었다. 란이의 입을 틀어막은 민성이의 오른손이 떨려 오기 시작했다. 란이가 민성이의 손을 잡았다. 떨림이 잦아들었다.

"에잇, 누가 또 이런 걸…… 빨리 이사를 가든지 해야지."

아줌마는 투덜거리며 엘리베이터를 기다렸다. 엘리베이터가 아줌마를 태우고 내려간 뒤에야 란이는 크게 숨을 내쉬었다. 그제야 민성이가 자신의 손을 빼냈다. 얼굴이 벌겠다.

"그냥 스스로 유령이라고 생각하면 편해."

민성이가 말했다.

유령이 아닌데 어떻게 유령이라고 생각하라는 말인지. 란이는 괜히 심술이 났다. 자리에서 일어서는데 눈앞이 번쩍했다. 아무래도 발목 인대가 살짝 늘어난 느낌이었다.

"괜찮아?"

란이는 고개를 끄덕였다. 란이가 괜찮다고 말했음에도 민성이는 등을 내밀었다. 란이는 업히는 대신 민성이의 어깨를 손으로 짚고 일어섰다. 의지해서 걷는다면 걸을 수 있을 것 같았다.

5층부터는 조금 천천히 붙였다. 들킬까 겁이 났지만, 어쩔 도리가 없었다. 1층에 도착하니 란이의 얼굴이 하얗게 질려 있었다.

"넌 좀 쉬어. 나머지는 내가 붙일게."

란이는 고개를 저었다. 남에게 민폐를 끼치고 싶지 않았다.

"들킬까 봐 그래. 여기 있어."

민성이는 말을 마치자마자 옆 동으로 뛰어갔다.

란이는 고개를 푹 숙였다. 골칫덩어리가 된 것 같아 속상했고, 무엇보다 내일부터 나오지 말라고 할까 봐 걱정됐다. 만약 그렇게 된다면 모두 물거품이 될 것이다. 스마트폰이야 안 사도 그만이었다. 어차피 스마트폰을 갖게 돼도, 다른 것을 갖지 못해 무시당할 게 뻔했다. 새로운 제품은 계속 출시되고 형편이 갑자기 좋아지지는 않을 테니까.

그러나 그 수술은 아니었다. 수술은 한참 전부터 생각한 일이었다. 몸을 임신이 불가능한 상태로 만드는 수술이라는 게 있다는 걸 알게 된 이후로 란이는 쭉 생각했다. 그리고 며칠 전 생리를 시작하면서 이번 방학에 그 수술을 하겠다고 결심을 굳혔다.

생리를 기점으로 몸은 변할 것이다. 가슴이 나오고 엉덩이가 나오는 변화만을 말하는 게 아니다. 란이가 생각하는 몸의 변화는 그런 게 아니었다. 임신을 할 수도 있는 몸이 된다는 뜻이었다.

두려웠다. 그건 무서워야 하는 거라고 란이는 생각했다. 무서워서 문제가 된 적은 없었다. 늘 무서워하지 않는 게 문제였다. 그 남자와 그 여자는 무서워하지 않았다. 그리고 란이를 낳았고 방치했다. 정아 언니도 마찬가지였다. 정아 언니는 자신의 몸을 무서워하지 않았다. 그 대가는 혹독했다.

"뭐 해?"

란이는 화들짝 놀라 고개를 들었다. 민성이였다. 너무 깊게 생각에 몰두한 모양이었다. 겨울임에도, 민성이의 이마에서 땀이 주르륵 흘러내렸다.

"아니야, 아무것도."

란이는 일부러 차갑게 말을 했다. 민성이는 머리를 긁적일 뿐이었다.

최 실장이 말한 곳으로 가니 이미 사람들이 모여 있었다. 승합차에 타니 땀 냄새가 진동했다. 란이는 코를 찡그렸다. 옆에 앉은 민성이가 옷자락을 들어 올려 냄새를 맡았다. 란이는 괜히 미안해져 아무렇지 않은 척했다.

"내일 올 거야?"

민성이가 란이에게만 들릴 정도로 아주 작게 물었다. 란이는
고개를 끄덕였다. 민성이가 살짝 미소를 지었다. 지었다고, 란이
는 생각했다.

'여기서부터 낙원동입니다'라는 안내판을 지나자 맥도널드가
나왔다. 최 실장이 잠깐 차를 멈춰 놓고 지갑에서 3만 원을 꺼
내 란이에게 내밀었다. 일곱 시간 일했으니 6천 원씩 4만 2천 원
을 줘야 했다.

"나머지는 한 달 채우면 줄게."

승합차 문이 열렸고, 란이는 내릴 수밖에 없었다. 이런 거구나.
화가 난다기보다는 자신이 너무 순진했다는 생각을 했다. 승합
차는 란이가 문을 닫자마자 출발했다. 민성이가 손을 살짝 흔들
었다.

쟤는 안 힘들까? 란이는 몇 시간씩 아파트 계단을 내려오고
도 멀쩡한 민성이가 대단하다는 생각을 하며 집으로 향했다. 민
성이를 떠올리자 콩이가 생각났다. 그러자 진짜 콩이가 눈앞에
나타났다.

"넌 방학도 했다는 애가 집에는 안 있고 어딜 싸돌아다니니?
아이고, 이놈의 웬수. 어딜 다니지를 못하게 한다. 너 지금 집에
들어가는 길이니?"

아줌마였다. 란이는 고개를 끄덕였다.

"잘됐다. 애 좀 데리고 있어라."

"언제 오시는데요?"

"금방 올 거야."

란이는 얼떨결에 콩이를 받아 들었다. 그러자 콩이가 와락 울음을 터뜨렸다.

"너 안 버려! 니 에미처럼 안 버려!"

아줌마는 괜히 콩이에게 신경질을 부렸다. 그러고 보니 외출 준비를 다 해 놓고 란이를 기다리다가 할 수 없이 콩이를 안고 나온 모양이었다. 얼마 전부터 일자리를 알아본다고 난리도 아니었다. 애 데리고 일할 곳을 찾는다고 하는데 그런 일자리라는 게 있을 리 없었다. 그렇다고 콩이를 봐 줄 도우미를 쓰자니, 배보다 배꼽이 더 큰 격이었다. 도우미 비용은 아줌마가 하루 종일 일해서 버는 돈과 비슷하든지 더 비쌀 것이다.

그렇다고 가만히 있을 수만은 없을 것이다. 할머니와 하는 이야기를 들었는데 아줌마 수중에 남아 있는 돈이 채 200만 원이 안 되는 것 같았다. 이사 가기 위해 모아 둔 보증금 2천만 원은 모래알처럼 사라졌다. 그 돈으로 사치를 한 것도 아니고, 콩이에게 국내산 소고기로 이유식을 만들어 먹인 것도 아닌데 말이다. 최소한으로 썼는데도 그랬다. 아줌마는 썩을 놈의 세상이라고 했다. 다 버리고 떠나든지 해야지. 종종 이런 말도 했다. 그럴 때면 란이는 섬뜩했다. 농담이 무서워지면, 농담이 아니다.

자식을 버리는 사람과 안 버리는 사람 사이에는 어떤 차이점이 있을까. 단지 책임감의 차이일까. 란이는 오랜만에 그 여자를 떠올렸다. 그 여자도 나를 버릴 때 힘들었을까? 설령 그랬다 한들 지금 그게 무슨 소용일까.

초등학교 저학년 때만 해도 그 여자를 기다렸다. 수업을 마치고 교문을 나설 때면, 혹시나 그 여자가 자신을 기다리는 건 아닐까 싶어 심장이 두근거렸다. 드라마에서 봤었다. 이혼한 엄마나 가출한 엄마가 교문 앞에서 자식을 기다리는 장면을.

기대가 실망으로 바뀌고, 실망이 체념으로 바뀌는 데에는 얼마의 시간이 필요할까? 고학년이 되자, 교문을 나서면서도 별생각이 들지 않았다. 란이의 엄마는 연속극에 나오는 엄마가 아니었던 것이다. 란이 자신이 일일연속극 주인공이 아니었던 것처럼 말이다.

란이가 발악하듯 우는 콩이를 안고 걸어가는데 아줌마가 다시 란이를 불렀다.

"얘!"

란이가 돌아봤다.

"너 생리하니?"

목소리가 컸다. 란이가 재빨리 주변을 살폈다. 다행히 사람들은 없었다. 란이가 살짝 고개를 끄덕였다.

"알겠다."

아줌마는 다시 몸을 돌려 갈 길을 갔다. 콩이야, 니가 우는 이유를 알겠다. 나도 울고 싶다. 란이는 알아듣지도 못하는 콩이에게 구시렁대며 집으로 들어갔다.

콩이는 집에 와서도 울음을 멈추지 않았다. 시간이 지날수록 더욱 악을 쓰며 울었다. 방문이 열리고 할머니가 들어왔다. 시계를 보니 6시가 채 되지 않았다.

"왜 이렇게! 일찍 왔! 어!"

할머니는 대답 없이 콩이를 받아 들었다. 콩이가 할머니에게 가자, 팔이 부들부들 떨려 왔다. 아줌마를 만난 게 5시가 넘어서였으니 삼십 분 가까이 콩이를 안고 있었던 것이다.

할머니가 콩이를 안고 등을 쓰다듬기 시작했다. 귀 어두운 할머니에게도 들릴 정도로 격렬하던 콩이의 울음이 조금씩 잦아들기 시작했다. 배신감이 들었다.

그러나 무엇보다 졸렸다. 다리와 팔이 동시에 떨리니 몸 전체가 요동치는 것 같았다. 멀미가 날 것 같아 그대로 바닥에 누웠다. 찬 기운이 올라왔지만 이불을 깔 힘이 없었다.

나는 사막에 서 있다. 내 앞에는 내 몸보다 큰 바위가 있다. 나는 그 바위를 굴려 산의 정상에 오른다. 그러나 정상에 오르는 즉시 아래로 굴러떨어진다. 그럼 나는 다시 바위를 굴려 정상에 오르고, 또다시 아래로 떨어진다. 낮에서 밤으로, 밤에서 다시 아침으로 해가 바뀌도록 쉼 없이 반복한다. 어느새 가슴이 평평했던 내가 가슴이 볼록한 여자가 되고, 다시 가슴이 아래로 축 처진 할머니가 된다. 나는 소리를 지른다. 소리를 지르는 와중에도 내 앞에는 바위가 놓여 있다.

란이가 벌떡 일어났다. 어느새 이불이 깔려 있고, 옆에는 할머니가 앉아 있었다. 할머니는 다시 누우라는 손짓을 했다. 란이가 다시 눕자 할머니는 물이 담긴 바가지에서 흰색 수건을 꺼내 물기를 꼭 짜고는 란이의 이마에 올렸다.

"아줌마는?"

말뜻을 알아들었는지, 할머니가 고개를 끄덕였다. 란이는 그제야 답답했던 가슴이 뻥 뚫리는 기분이었다. 돌아왔구나. 란이는 다시 잠이 들었다. 이번엔 악몽을 꾸지 않았다.

4

이 주일이 지났다.

둘쨋날에는 다리가 부어 일어나기 힘들었다. 그래도 그만두면
모든 것이 물거품이 될 거라는 생각이 들어 억지로 일어나 맥도
널드로 갔다. 민성이는 반갑게 맞아 줬다. 그리고 전날처럼 자신
이 도는 동안 벤치에서 쉬라고 했다. 신세 지고 싶지 않아 몇 번
을 거절했지만 민성이도 막무가내였다. 그렇게 이틀을 쉬었더니
다리가 많이 나았다. 단순노동이라 그런지 란이도 금방 일을 익
혔다.

오늘도 전처럼 맥도널드에서 기다리니 회색 승합차가 멈춰 섰
다. 란이는 당연한 듯이 민성이 옆에 앉았다. 승합차는 낙원동에
서 해원동을 지나 토원동으로 들어갔다. '여기서부터 토원동입니

다'라고 된 안내판을 지나니 땅이 푹 꺼진 것 같았다. 실은 땅은 그대로였지만 건물이 높아져 사람이 작아 보이는 것이었다. 란이의 어깨가 저절로 움츠러들었다.

경쟁하듯 위로 위로 솟은 건물들을 지나 한 아파트 단지 근처에 승합차가 멈췄다. 태어나서 본 아파트 중에 가장 높이 솟은 초고층 아파트였다. 아득했다. 'N Castle'이라고 쓰여 있는 단단히 봉쇄된 성의 입구에는 무전기를 든 젊은 경비원들이 서 있었다.

최 실장이 차에서 내리지 않은 채, 뒤돌아보고 말했다.

"여기는 정말 고급 아파트야. 저기 경비실 보이지? 구석구석 다 감시하고 있으니까 알아서들 조심하고."

그러고 보니 입구 부근에 경비실이 보였다. 일반 아파트 경비실보다 두 배는 커 보였다. 자세히 보이지는 않지만 한쪽 벽면 가득 CCTV 화면이 보이는 것 같았다.

"여긴 안 하면 안 됩니까."

민성이였다. 란이는 민성이가 최 실장에게 그런 말을 하는 걸 처음 봤다. 다른 사람들은 힘들다, 일이 너무 많다, 음료수를 사 달라 등등의 이야기를 종종 했지만 민성이는 과묵했다. 그런데 갑자기 반기를 든 것이다.

"일 시켜 달라 매달릴 때는 언제고 이제 와서, 뭐? 니가 아주 배가 불러 터졌구나."

"걸리면 어떡해요."

"누가 너보고 일해 달라고 사정하던? 너 말고도 일할 애들 많다."

최 실장이 별스럽지 않게 말했다. 너 말고도 할 애들 많다는 말처럼 무서운 말도 없었다.

"자자, 다 잘 들어. 아무리 고급 아파트라도 아예 들어가는 걸 막지는 못해. 여기만 해도 천 세대가 넘게 살아. 경비원들이 아무리 오래 일했다 해도 입주민들 얼굴 다 못 외워. 겁먹지 말고 당당하게 해. 알았지?"

몇몇은 고개를 끄덕였고 몇몇은 입을 삐쭉 내밀었다. 란이는 민성이가 안 하고 간다고 할까 봐 걱정이 됐다.

최 실장은 구역을 정해 주고는 뒤에서 전단지를 가져가라고 했다. 란이와 민성이는 201동부터 205동까지라고 했다. 사람들이 모두 내리고 란이가 내리려고 하는데 민성이는 꼼짝 않고 앉아 있었다. 란이가 소매를 잡아끄니 민성이가 아이 씨 하고는 차에서 내렸다.

아이 씨. 최 실장의 협박에 비하면 얼마나 연약한 말인가. 란이는 민성이가 안쓰러웠다.

민성이가 전단지를 꺼내 왔다. 란이가 자신의 몫을 받아 들었다.

당신의 가족을 지켜 드립니다.

보안회사 광고였다. 가진 것이 많은 사람들이었다. 해원동 사람들에게는 토원동에 입성하기 위해 스파르타 교육이 필요하고, 토원동 사람들은 이미 가진 것들을 지키기 위해 보안회사가 필요하구나. 란이는 전단지를 자신의 백팩에 집어넣었다. 무거웠다. 걸음이 느려졌다.

엔캐슬의 입구는 디즈니랜드나 롯데월드 같은 놀이공원 입구 같았다. 자동차 세 대 정도는 드나들 만한 넓이의 입구를 지나 201동으로 걸음을 옮겼다. 무전기 같은 걸 들고 있는 경비원들은 하나같이 젊고 건장했다. 택배나 우편물을 받아 주는 노쇠한 할아버지들이 아니라 정말 주민들의 안전을 지키기 위해 존재하는 사람들이었다.

201동 앞에 도착했다. 이번에도 주민이 들어갈 때까지 기다려야 했다. 민성이는 아까부터 말이 없었다. 손톱으로 입술을 잡아 뜯기도 했다. 십 분쯤 지났을까. 일회용 커피 잔을 손에 든 부부가 201동 앞으로 걸어왔다. 세 살쯤 되어 보이는 아기는 엄마 손을 잡고 있었다.

남자가 커다란 화면 아래 인식기에 자신의 엄지손가락을 갖다 대자 삐 소리를 내며 문이 열렸다. 카드 키 대신 지문을 이용하는 모양이었다. 얼른 그들을 뒤따라 안으로 들어갔다. 엘리베이터가 열렸다. 29층까지 있었다. 그들은 층수를 누르지 않았다.

란이가 29층을 눌렀다.

여자가 끙 소리를 냈다. 가슴이 두근거리기 시작했다. 아기가 먹다 만 과자를 엄마에게 줬다. 아기 입술에 과자 부스러기가 묻어 있었다. 여자가 아기를 자기 앞으로 바싹 끌어당기고는 남자를 쳐다봤다. 여자의 눈빛에는 짜증과 경계심, 적의가 적나라하게 드러났다. 남자가 입을 굳게 다물고는, 여자와 눈짓을 주고받았다.

엘리베이터가 1층에서 29층까지 올라가는 데에는 시간이 얼마나 걸릴까. 실제 시간과 상관없이 란이가 느끼는 시간은 길게만 느껴졌다. 드디어라고 표현할 만큼 시간이 지나서야 엘리베이터는 29층에 도착했다.

엘리베이터 문이 열렸다. 몇 호로 가야 할까 고민하는 사이, 아기가 뛰어 나가더니 2901호 앞에 섰다.

"어마, 어마."

여자는 란이와 민성이가 어떻게 하는지 지켜보려던 계획이 틀어지자 미간을 찌푸렸다. 란이와 민성이는 천천히 엘리베이터에서 내렸다. 여자와 남자는 아기를 데리고 집 안으로 들어갔다. 그들이 현관에서 떠나지 않고 내다보고 있을 게 분명했다. 민성이는 란이의 손을 잡고 비상문을 열었다. 계단이 나왔다.

9층이 아니라 19층이 아니라 29층이었다.

어차피 걸어서 내려가야 할 것이었지만, 막상 계단 앞에 서니 한숨이 나왔다. 민성이는 아랑곳하지 않고 란이의 손을 잡아끌었다. 일단 이곳을 빠져나가는 게 안전하다고 생각했는지, 전단지는 붙이지도 않은 채 빠른 걸음으로 계단을 내려갔다.

한 층씩 내려가다 보니 20층이 됐다. 란이는 벌써 지쳤다.

"좀 쉬자."

"안 돼."

단호했다. 평소 란이가 부탁하면 되도록 들어주는 민성이였다. 란이가 황당하다는 듯 쳐다보자 민성이가 고개를 떨어뜨렸다.

"그럼 넌 가. 난 쉬다 갈래."

사실 그렇게 다리가 아픈 건 아니었다. 내려가려면 내려갈 수도 있었다. 그러나 민성이가 그렇게 나오니 오히려 더 고집을 부리고 싶었다. 란이가 고집을 부리자 민성이가 할 수 없이 옆에 앉았다.

침묵이었다. 공기 중에 아무 말도 떠다니지 않았다. 십 분 정도 됐을까. 이만하면 고집을 접어도 자존심이 상하지 않을 것 같았다. 그때였다.

계단으로 누군가 올라오는 소리가 들렸다.

기계음이 들리기도 했다. 찌직. 찌지직. 민성이가 란이를 쳐다봤다. 란이의 심장이 요동치기 시작했다. 두려웠다. 원래 사자를 맞닥뜨렸을 때 느끼는 두려움보다 암막 뒤에 사자가 있다는 상상이 만들어 내는 두려움이 더 큰 법이었다.

"위로 올라가자."

란이가 말했고 민성이가 고개를 끄덕였다. 민성이는 아까부터 란이에게 의지하고 있었다. 란이가 처음 전단지 아르바이트를 시작했을 때 민성이에게 의지하던 것과 정반대였다. 란이는 누이처럼 민성이의 손을 잡고 계단 위로 올라갔다.

쿵쿵.

위에서도 내려오는 소리가 들렸다. 아래로도, 위로도 갈 곳이 없었다.

"올라오고 계세요?"

위에서 나는 소리였다.

"네, 사장님."

계단 통로라 소리가 울렸다. 비상문 뒤로 피할까? 란이가 말했다. 그때 끼익 소리가 들렸다. 문이 열리면서 나는 소리였다. 몇 초 정도 지났을까? 다시 문이 닫히는 소리가 들렸다.

문 안쪽까지도 모두 확인하는 것이었다.

란이가 절망스러운 얼굴로 민성이를 쳐다봤다. 괜찮다고 안심시켜 주길 바랐으나 오히려 민성이는 란이보다 더 질린 얼굴을 하고 있었다.

"분명 계단에 있을 테니 계속 올라오세요. 저도 내려가고 있습니다."

"네네."

오도 가도 못하고 계단에 서 있는 사이, 발소리는 점점 가까워졌다. 그리고 몇 초 후 아래에서 소리가 들려왔다.

"여기 있네요!"

이와 동시에 민성이의 몸이 굳었다.

5

"얘네들 맞죠?"

젊은 경비원이 남자에게 물었다. 남자가 고개를 끄덕이더니 란이와 민성이를 힐끔 바라봤다. 경계의 눈빛이 멸시하는 눈빛으로 바뀌었다. 남자는 그럼, 하더니 계단 위로 올라갔다.

경비원이 란이와 민성이를 보고는 한숨을 내쉬었다.

"일단 관리실로 가자."

경비원이 손짓을 했다. 란이와 민성이는 경비원을 따라 엘리베이터를 타고 내려갔다. 관리실 문이 보일 때쯤 땅만 보며 걷고 있던 민성이가 란이를 바라봤다. 눈빛이 뭔가 말을 하고 있었지만 란이는 그게 무엇인지 알아챌 여유가 없었다. 머리가 무거웠다.

"야!"

경비원이 외치는 소리에 깜짝 놀라 란이가 고개를 들었다. 민성이가 마치 육상 선수처럼 뛰어가고 있었다. 경비원이 민성이를 잡기 위해 뛰기 시작했다. 이내 민성이의 모습이 란이의 시야에서 완전히 사라졌다. 그제야 지금 일어난 일의 전모를 파악할 수 있었다.

민성이가 혼자 도망간 것이다.

란이는 어떻게 해야 할지 몰라 발을 동동 굴렀다. 나도 도망갈까? 순간 그런 생각이 들었다. 주위를 두리번거리던 란이의 눈에 관리실이 들어왔고, 이쪽을 유심히 보고 있던 다른 경비원과 눈이 마주쳤다. 그 순간 란이는 마음을 접었다. 지금 도망가면 진짜 도둑이 되는 것이다. 허락 없이 남의 아파트 단지에 들어온 건 잘 못이나, 그렇다고 도둑질을 한 건 아니었다.

관리실은 하나의 건물이었다. 1층은 관리실이었고, 2층은 주민 센터, 3층과 4층은 헬스케어라고 되어 있었다. 흰색 대리석으로 된 바닥이 반질반질했다.

머리가 희끗한 선임 경비원이 민성이와 란이가 부부를 따라 201동 안으로 들어가는 모습이 찍힌 CCTV를 되돌려 보고 있었다. 란이가 보기에도 자신의 모습이 어색했다. 도둑고양이처럼 최대한 눈에 띄지 않게 고개를 수그린 채, 발끝으로 걷고 있었다.

"한 애는 놓쳤어요."

젊은 경비원이 말했다.

"엔간해서는 십 대 남자애들 못 이겨."

선임 경비원이 젊은 경비원의 어깨를 두드리며 말했다. 그러고 는 란이를 쳐다봤다.

"도망간 애랑 친구니?"

란이가 고개를 저었다.

골치 아프게 생겼네. 선임 경비원이 혼잣말을 하며 란이에게 다가와 백팩을 가져갔다. 안에서 전단지 뭉치가 나왔다.

"내 이럴 줄 알았어. 그렇게 전단지 붙이지 말라니까."

선임 경비원이 한숨을 쉬며 말했다.

"이거 때문에 민원이 말도 안 되게 많아. 여기 입주민들 사생활 침해받고 그런 거에 아주 민감해."

"이제 저는 어떻게 돼요?"

란이가 용기 내 물었다.

"경찰서에 보내야지."

"네?"

란이의 동공이 커졌다.

"과장님, 그러지 마세요. 놀란 거 보세요."

젊은 경비원이 말했다.

"아니야, 그런 거. 아직 미성년자니까 보호자 오시라고 해서 주 의 말씀 드리고, 우린 입주민 회의 때 이런 일 있었는데, 잘 해결 했다, 이렇게 보고하면 돼. 그러니까 앞으로 절대 여기 오면 안 돼. 그냥 보내 줬는데 또 잡히면 우리가 아주 곤란해져."

젊은 경비원이 차분하게 설명했다. 란이가 고개를 끄덕였다.

젊은 경비원은 광고 업체에 전화를 해 보라고 했다. 란이는 최 실장에게 전화를 걸었다. 신호가 끝날 때까지 전화를 받지 않았다. 한 번 더 걸었다. 역시나 받지 않았다. 란이는 어쩔 수 없이 갈 빗집 전화번호를 눌렀다.

"저 김은순 할머님 계세요?"

"누구?"

"설거지 일 하시는 김은순 할머님이요."

"너 누구야?"

"저 손녀인데요."

"씨발, 가뜩이나 장사도 안돼 죽겠구먼."

뭐라 말할 새도 없이 전화가 끊겼다. 란이가 경비원을 쳐다봤다.

"엄마 없니?"

란이가 고개를 끄덕였다.

"그럼 아빠는?"

젊은 경비원이 다시 물었다. 란이가 가만히 있자 턱짓으로 란이 손에 들린 휴대폰을 가리켰다. 란이는 집 전화번호를 눌렀다. 신호가 몇 번 가자 그 남자가 전화를 받았다.

"여보세요."

전화기 너머로 남자의 목소리가 들렸다. 남자와 전화하는 건 처음이라는 생각이 들었다. 아니, 대화란 걸 해 본 지가 꽤 오래됐다. 란이가 아무 말이 없자 다시 여보세요, 하는 목소리가 들려왔다.

"란인데요, 혹시 지금 여기로 와 주실 수 있어요?"

란이가 용기를 내 말했다.

"……어디?"

한참 말이 없던 남자가 장소를 물었다. 란이가 아파트 이름을 말해 주자 남자는 말없이 전화를 끊었다. 오겠다는 건지 말겠다는 건지.

"오신대?"

경비원이 물었다. 란이가 고개를 숙였다.

란이는 이런 상황을 한 번 겪어 본 적이 있었다. 일 년 전이었다. 관리실이 아니라 경찰서였다.

학교를 마치고 집으로 돌아오는 길이었다. 오후 5시 정도였지만 땅거미는 지고 있었다. 한겨울이었고, 끝끝내 추위가 끝나지 않을 것 같은 날이었다.

아파트 단지 안으로 들어서는데 119 구급차가 보였다. 란이네 동 앞에 사람들이 모여서 웅성거리고 있었다. 란이는 순간적으로 8층을 쳐다봤다. 무의식의 작용이었다. 그리고 8층 정아 언니네 집 현관문이 활짝 열려 있는 걸 봤다. 그 사이로 흰 마스크를 낀 구급대원들이 들것을 들고 나오는 모습이 보였다.

몇 달 전부터 집으로 찾아가도 정아 언니는 문을 열어 주지 않았다. 회복의 시간이라고 생각했는데 결심의 시간이었던 모양이다. 란이는 눈을 질끈 감았다. 그 순간 악을 쓰는 소리가 란이가 있는 곳까지 들려왔다.

"미친년. 죽일 년. 맞아 뒈질 년."

아줌마가 통곡하는 소리였다. 아줌마는 구급 침대를 따라가며 악을 쓰며 욕을 했다. 마치 언니가 살아 있기라도 한 양 그렇게 소리를 질렀다.

정아 언니와 란이는 속 이야기를 주고받는 사이였다. 정아 언니는 란이에 대해 모르는 게 없었다. 마찬가지로 란이도 언니의 많은 것을 알고 있었다. 아빠가 없다는 것, 엄마가 빌딩 청소를 한다는 것, 그리고 남자친구가 생겼다는 것을 말이다.

언니는 남자친구가 생기면서 미래에 대해 말하기 시작했다. 그 전에는 늘 과거에 대해 말하는 사람이었다. 결혼하면 여길 떠나고 싶어. 엄마가 불쌍하지만 같이 살고 싶지는 않아. 아빠도 엄마 때문에 나를 떠났을 거야. 무엇보다 내 애는 여기서 키우고 싶지 않아. 언니는 있지도 않은 아이 이야기까지 하며 미래를 설계했다.

남자친구는 인터넷 게임을 통해 만났다고 했다. 란이가 가끔 남자친구에게 너무 빠져 있는 언니를 걱정하면, 히히 웃으며 너도 크면 알 거야, 했다. 언니는 란이가 뭘 모른다고 했지만, 뭘 모르는 건 언니였다.

그러다 어느 날부턴가 언니는 학교도 가지 않은 채 집에만 있었다. 란이가 찾아가도 문을 열어 주지 않았다. 언니, 왜 그래. 주먹 쥔 손으로 현관문을 쿵쿵 때리며 말해도 언니는 대답조차 하지 않았다. 언니, 내가 뭐 잘못했어? 언니, 괜찮아? 정말 걱정돼서 그래. 란이가 아무리 말을 해도 응답이 없었다. 아줌마는 새벽에 일을 나가 저녁 늦게 들어오기 때문에 언니가 학교에 가지 않는다는 사실을 몰랐다.

아줌마에게 말해 줘야 할까?

생각을 안 해 본 건 아니었다. 그러나 이 말을 하고 나면 정말 언니가 어떻게 될까 봐 겁이 났다. 가출보다야 집에 있는 게 나으니까, 그러니까 기다리자고 생각했다. 그 기다림의 끝이 이런 것일 줄은 상상도 못 했다.

구급 침대가 1층으로 내려왔다. 구급차가 침대를 싣기 위해 기다리는 중이었다. 란이는 언니를 확인하고 싶었다. 엄지와 검지에 힘을 주고, 커버를 걷어 올리면 끝이었다. 그런데 어쩐 일인지 손에 힘이 들어가지 않았다.

그때였다. 여기 아기가 있어요! 사람이 있어요! 외치는 소리가 들렸다. 처음에는 환청인 줄 알았다. 소리가 또다시 들려오고서야 환청이 아니라는 걸 알았다. 란이는 고개를 들었다. 8층이었다. 구급대원이 오른손을 흔들었다. 왼손으로는 파란 보자기를 안고 있었다.

여기 아기가 있어요! 여기 사람이 있어요!

그리고 사람들이 어어 하는 순간, 곧 쓰러질 것 같았던 아줌마가 온 힘을 다해 아파트 안으로 뛰어 들어갔다. 현관으로 올라가는 계단에서 한 번 철퍼덕 넘어졌지만, 그대로 일어나 마치 전사처럼 뛰어갔다.

시간이 얼마나 흘렀는지 모르겠다. 만 시간이 흐른 것 같기도 하고 일 초도 지나지 않은 것 같기도 했다. 멈춘 시간 뒤로 아줌마가 달리기 시합을 하듯 복도를 뛰어가는 모습이 보였다. 아줌마는 구급대원에게서 보자기를 뺏어 품에 안고는 그대로 주저앉았다. 아줌마와 아기는 보이지 않았지만, 란이의 귀에는 아기 울음소리가 들리는 것 같았다.

으아앙, 으아앙.

누구도 듣지 못했다고 했지만 란이의 귀에는 분명 들렸다.

얼마 뒤 경찰서에서 연락이 왔다. 자살 정황을 조사 중이니 진술을 해 줬으면 좋겠다고 했다. 거의 매일 봤다면서 임신한 걸 몰랐다는 게 말이 되니? 경찰은 따지듯 물었다. 정말 몰랐어요. 정말이에요.

란이는 기어들어 가는 목소리로 말했다. 마치 죄를 지은 것 같은 느낌이 들었다. 경찰관은 거리낌이 없었고 란이는 주눅이 들었다.

딸이 임신한 걸 모를 수 있어요?

경찰은 아줌마에게도 따지듯 물었다. 아줌마는 더 큰 소리로 따져 물었다. 배에 복대를 두르고 있는데 내가 알 게 뭐야. 죽은 년 자살 정황을 따져서 뭐해. 앞으로 나 부르지 마요. 아줌마는 콩이를 끌어안고는 경찰서를 나갔다. 저리 독하니 애가 자살을 하지. 누군가 말을 했다. 저리 독하니 죽지 않고 사는 거죠. 란이는 속으로 대답했다.

젊은 경비원이 란이의 어깨를 툭 쳤다. 란이가 화들짝 놀랐다.
"아버지시니?"

경비원이 CCTV를 가리키며 말했다. 화면에 두리번거리는 남자의 모습이 보였다. 란이가 고개를 끄덕이자, 경비원이 문을 열고는 소리쳤다.
"들어오세요."

어느 쪽에서 들리는 소리인지 파악한 남자가 관리실을 향해 걸어왔다. 100킬로그램은 족히 넘어 보이는 몸에 허름한 패딩을 입고 있었다. 색이 바랜 청바지는 무릎이 나와 있었다. 오래된 앨범에 박제되어 있다 세상에 나온 사람처럼 비현실적으로 보였다.

남자가 관리실 안으로 들어왔다.

"이쪽으로 오세요."

이번에는 선임 경비원이 말했다.

"이 학생 아버님 되세요?"

남자가 고개를 끄덕였다.

"따님 전단지 아르바이트 하는 거 알고 계셨어요?"

"아, 저······."

남자는 아, 저, 그, 이런 말만 하고는 아무 말도 하지 못했다.

남자가 어버버거리자 경비원 둘이 서로 눈길을 주고받았다. 좀 이상한 것 같다는 의미였다. 란이의 얼굴이 새빨개졌다. 그때였다. 관리실 문이 활짝 열리고 갈색 코트를 입은 중년의 남자가 들어왔다. 남자의 코트는 먼지 하나 없이 깔끔했다. 란이는 남자의 반짝이는 검은색 구두와 또 다른 남자의 허름한 운동화를 번갈아 보았다.

"대표님! 어서 오세요."

선임 경비원이 고개를 깊이 숙이며 인사했다. 경찰서에 보낸다는 말로 란이를 놀리던 때와는 다르게 깍듯한 모습이었다.

대표가 고개를 끄덕인 후 란이 쪽을 보았다.

"무슨 일 있습니까?"

"아, 그게."

경비원이 흠흠, 목소리를 가다듬더니 말을 시작했다.

"민원 때문에요. 전단지 붙이다가 주민 신고로."

대표가 미간을 찌푸렸다. 긴장한 경비원이 황급히 말을 이었다.

"그래서 이참에 확실히 뿌리 뽑으려고 합니다. 예전에는 그냥 훈계만 하고 돌려보냈는데 이번에는 부모님까지 오시라고 했습……."

"업체는요?"

대표는 경비원의 말을 중간에 뚝 잘라먹었다.

"광고 업체는 전화를 안 받아서……."

"안 받는다고 그냥 둡니까? 안 받으면 찾아가기라도 해야지. 한 번만 더 이딴 식으로 하면 법적으로 대응하겠다고 해요."

"네, 대표님."

경비원이 바짝 얼어붙은 채로 대답했다. 대표가 란이를 향해 고개를 돌렸다. 그리고 이내 옆에 있는 남자를 쳐다봤다. 그러고는 다시 란이에게 물었다.

"몇 학년이니?"

"중3이요."

란이가 말하자 대표가 경비원에게 말했다.

"이 학생은 그냥 보내 주세요. 그리고 그 업체에다가 강력하게 말하세요. 저번처럼 흐리멍텅하게 처리하지 마시고."

경비원의 얼굴이 붉어졌다. 희끗한 머리 색이 딱해 보였다. 대표가 그대로 나가려다, 란이를 돌아봤다.

"니 나이에는 돈 버는 게 중요한 게 아니야. 당장 몇 푼 벌자고 시간을 낭비해? 쯧쯧."

대표가 눈썹에 힘을 주며 말했다.

"사람이 숲을 봐야지."

란이는 순간 헛구역질이 날 뻔했다. 걱정하는 척하며 교묘히 사람을 조롱하고 있었다.

대표가 반대편 문을 열고 관리실을 나갔다. 경비원들이 90도로 인사했다. 문은 이미 닫힌 뒤였다.

"에이, 정말."

선임 경비원이 머리를 긁적였다.

란이는 목구멍이 뜨거워졌다. 누가 손가락으로 툭 찌르면 울컥 눈물을 쏟아 낼 것만 같았다. 혀끝을 차던 대표의 모습이 뇌리에서 사라지지 않았다. 멍하니 밖을 보던 란이는 황급히 고개를 숙였다. 클레어였다. 문밖에 클레어가 서 있었다.

언제부터 저기서 쳐다보고 있었을까.

란이는 조금 전 당한 모욕의 순간이 선명하게 떠올랐고, 모든 순간을 클레어가 지켜보고 있었을 걸 생각하니, 땅으로 꺼져 버리고만 싶었다. 그러나 이 단단한 대리석 바닥은 절대로 꺼질 것 같지 않았다.

"그래, 아버님 모시고 얼른 가 봐."

선임 경비원이 멋쩍은 듯 말했다. 란이는 병풍처럼 서 있는 남자를 바라봤다. 란이가 남자를 지나쳐 대표가 나간 문으로 나가려고 하니, 젊은 경비원이 막았다.

"여기는 입주민 센터와 연결된 곳이고, 저기로 나가."

저 문으로 나가면 클레어와 마주칠 것이다. 그래도 어쩔 수 없었다. 란이는 남자를 놔둔 채 혼자 출입문을 열고 나갔다.

클레어는 그사이 어디로 갔는지 보이지 않았다.

란이는 천천히 걸어가다 뒤를 돌아봤다. 남자가 란이를 따라오고 있었다. 란이는 있는 힘을 다해, 아까 민성이가 그랬던 것처럼 달리기 시작했다. 남자가 쫓아올 수 없을 때까지, 젖 먹던 힘을 다해 그렇게 말이다.

이렇게 하면 정말 도망칠 수 있을 것 같았다. 지긋지긋했던 모든 것들로부터.

6

계속 걷다 보니 어느새 아파트 단지였다. 벗어나려고 그렇게 빙빙 돌아도 도착해 보면 행운아파트였다. 란이는 다시 발걸음을 옮겼다. 그리고 또 걷기 시작했다. 그때 문자가 왔다.

휴대폰을 열어 보니 민정이였다. 초등학교 때까지만 해도 친하게 지내던 친구였다.

— 살아는 있나?

란이는 피식 웃음이 났다. 민정이는 원래 이런 애였다. 기승전결이 없고 툭 잘라 말하는 애. 그러나 어떤 말을 해도 한 번도 밉지가 않았다.

— ㅇㅇ 잘 지내.

란이가 답장하자마자 바로 답이 왔다.

— 잘 살고 있어라.

그냥 안부 문자였다. 란이의 눈시울이 붉어졌다. 오늘 같은 날 이토록 무심한 안부 문자를 받을 줄이야. 문득 민정이가 보고 싶어졌다.

조금 더 걷자 행복슈퍼가 눈에 보였다. 근처에 큰 마트가 들어오고 나서부터는 손님이 많이 줄었다고 하는데, 그래도 여전히 단골손님 한두 명은 보였다. 두부라도 사 갈까. 란이는 집에 가는 시간을 조금이라도 늦추기 위해 슈퍼 안에 들어갔다. 할아버지가 손님의 물건값 계산을 해 주고 있었다.

란이는 두부 한 모와 라면 한 팩을 집어 들었다. 천하장사 소시지와 초콜릿도 샀다. 주머니 속에 들어 있는 만 원짜리 한 장을 빼 들었다. 아르바이트해서 번 돈의 일부였다. 할아버지가 검은 봉지에 물건들을 집어넣고는 카운터 앞에 놓고 파는 구운 계란 두 개와 귤 한 망을 봉지에 넣었다. 란이가 쳐다보자 할아버지가 가 보라는 손짓을 했다. 란이는 고맙다는 말도 없이 슈퍼를 나왔다.

처음 할아버지가 소시지를 하나 더 주거나 콩나물을 한 봉지 덤으로 줄 때는 부끄럽고 싫었다. 동정받는 느낌이었다. 그러나 어느 날부턴가 할아버지가 고맙다는 말을 듣기 위해서가 아니라 그냥 주고 싶어 준다는 걸 알았다. 할아버지가 그런 말을 한 건 아니었다. 그냥 눈빛에서 느껴졌다. 기껏해야 일이천 원짜리 물건이니까. 일이천 원이라 안 고마운 건 아니었지만, 받아도 괜찮은 가격이라고 생각했다.

슈퍼를 나와 다시 걷다 보니, 행운임대아파트 단지 앞에 도착했다. 다시 한 바퀴 돌까? 아직 저녁 6시밖에 안 됐는데, 한겨울이라 사위는 컴컴했다. 어둠이 빛을 이긴 역사가 없다는 말이 떠올랐다. 어림없는 말이었다. 어둠은 늘 이긴다. 낮에 햇빛이 잠깐 들었다고 저녁의 어둠이 진 것이 아니다. 밝은 햇빛 뒤에서 어둠이 지켜보고 있다는 걸 이해하는 사람만이 란이 자신과 대화가 통할 거라고 생각했다.

"미안해."

뒤에서 나는 소리였다. 란이가 돌아보니, 거기 민성이가 있었다.

"미친놈."

굳이 들으라고 한 말은 아니었다. 민성이를 보자마자 그 말이 튀어나왔다. 재수 없는 놈, 야비한 놈, 의리도 없는 놈, 별별 말이 다 생각났지만 더 이상은 말하지 않았다. 민성이와 단 한 마디도 더 섞고 싶지 않았다.

"미안해."

란이는 획 돌아 걸어갔다. 민성이가 미안하다고 말하며 따라왔다. 미안해, 미안해. 그런 소리가 계속해서 들렸다. 미안해라는 말이 이렇게 사람을 화나게 하는 말인 줄 미처 몰랐다. 한 번만 더 미안해라는 소리가 들리면 입을 찢어 버릴 것이다.

"따라오지 마라."

란이는 애써 화를 누르며 말을 했다. 발소리가 계속해서 들렸다.

"따라오지 말라고! 미친 새끼야."

민성이가 옆에 있던 쓰레기 더미를 발로 찼다.

"아씨, 미안하다고!"

"니가 왜 성질이야!"

적반하장도 유분수다. 화나는 걸 억지로 누르고 참으려고 했더니 불난 집에 기름 붓듯 화를 돋우고 있었다.

란이는 민성이에게 다가가 주먹으로 어깨를, 가슴을 쳤다. 발로 무릎을 차고 민성이의 발을 짓밟았다. 이렇게 밤새도록 해도 분이 풀릴 것 같지가 않았다.

"어쩔 수 없었어."

"뭐가? 뭐가 어쩔 수 없었는데?"

민성이는 대답이 없었다.

"말 못 하지? 변명이나 할 거면 따라오지 말고 꺼져."

란이는 뒤돌아 걸었다. 미안하다는 말이 또다시 들려올 줄 알았는데 더 이상 들려오지 않았다. 꺼지라고 했다고 정말 꺼지냐. 정말 미안하긴 하냐. 란이가 혼잣말을 하는데, 민성이가 소리쳤다.

"나 불법체류자야! 불법체류자라고!"

지나가는 사람들이 란이와 민성이를 힐끗거렸다.

"불법체류자라고! 불법체류자!"

이번에는 더 큰 소리였다.

"나 불법체류자야!"

민성이는 있는 힘을 다해 소리를 지르고 있었다. 다 들으라는
듯이. 들어도 상관없다는 듯이. 불법체류자라고. 란이는 이대
로 두면 안 되겠다 싶어 민성이에게 다가가 소매를 잡아끌었다.

몇 분 걷자 사람이 없는 텅 빈 골목이 나왔다. 그제야 란이는
민성이의 소매를 놓았다.

"무슨 뜻이야?"

"무슨 뜻이긴. 말 그대로야. 너야 잡혀도 한번 혼나고 끝이겠지
만 난 아니야. 추방될 수도 있어."

"그런 말 안 했잖아."

"말하기 싫었어!"

"왜?"

"니네들 조선족 싫어하니까. 그지 취급하고, 사람 취급 안 해
주잖아."

"내가 그지인데 누굴 그지 취급해!"

란이가 빽 소리를 질렀다.

"그리고 지금 화내야 할 사람은 나야."

"그래서 이렇게 찾아왔잖아."

"상황 다 끝나고 오면 뭐해. 내가 얼마나, 얼마나 무서웠는데.
내가 얼마나 쪽팔렸는데……."

"그러니까. 그러니까 미안하다고."

둘은 거친 숨을 몰아쉬었다. 주위는 고요했고 서로의 숨소리가 너무도 잘 들렸다. 민성이의 분노가 란이에게까지 전해졌다. 불법 체류자라서, 친구를 두고 갈 수밖에 없어서, 민성이는 자신에게 화가 났던 것이다. 가로등 불빛이 란이와 민성이를 비추었다. 가로등마저 없었다면 완벽한 어둠이었을 것이다.

"밥 먹자, 배고파."

민성이었다. 십 분이 지났는지 이십 분이 지났는지 몰랐다. 서로를 노려보다, 땅을 노려보다, 그러다 하늘을 노려보다 다시 땅을 노려보던 참이었다. 아무리 노려보아도 누구의 잘못인지 몰라서 글퍼지던 참이었다. 그때 민성이가 땅을 노려보던 눈을 란이에게 돌려 밥을 먹자고 했다. 분노가 조금 녹아내린 눈빛이었다.

"나 오늘 한 끼도 못 먹었어."

민성이가 시무룩하게 말했다. 생각해 보니 란이 자신도 오늘 한 끼도 먹지 못했다. 란이가 패딩 주머니에 손을 넣었다. 동전 몇 개밖에 없었다. 민성이 주머니에서는 천 원짜리 세 장과 오천 원짜리 한 장이 나왔다. 이 돈이면 4,500원짜리 돈가스와 1,500 원짜리 김밥, 2,000원짜리 라면을 먹을 수 있었다.

같이 밥을 먹을까 말까. 이대로 같이 분식집에 들어가면 민성이의 사과를 받아 주는 게 된다.

관리실에서 받았던 모욕이 선연히 되살아났다. 그러다 혼자 도망가기 전 란이를 쳐다보던 민성이의 눈빛이 떠올랐다. 죽을힘을 다해 뛰어가던 뒷모습도.

란이와 민성이는 청주분식에 들어갔다. 저녁 시간이라 겨우 한 자리만 남아 있었다. 란이는 청주댁에게 인사를 했다. 청주에서 시집왔다고 동네 사람들이 붙여 준 이름이었다. 스무 살에 시집 와 마흔 살이 넘었으니 서울에 더 오래 살았는데도 사람들은 늘 청주댁이라고 불렀다. 청주댁은 너무 바빠 대충 인사 받는 시늉만 했다.

"돈가스랑 김밥이랑 라면 주세요."

란이는 검정 봉지에서 구운 달걀을 꺼냈다. 민성이에게 한 알 주고, 자신이 한 알을 먹었다. 짭조름한 게 맛있었다. 음식이 배속에 들어가자 더 허기가 졌다.

"란이야, 이것 좀 저쪽 테이블에 갖다 줘라."

청주댁이었다. 민성이가 작은 목소리로 아는 사람이야? 하고 물었다. 란이가 고개를 끄덕였다. 태어나 한 번도 이 동네를 떠난 적이 없으니 오래된 동네 상가 주인들은 거의 아는 편이었다. 청주댁이 시킨 대로 김밥과 떡볶이를 날랐다. 얼마 지나지 않아 란이가 시킨 음식이 나왔다. 그냥 라면을 시켰는데 참치가 들어가 있었다. 참치 라면은 500원 더 비쌌다. 청주댁이 김밥 한 줄을 더 말아 줬다.

"한창 클 나이에 많이 먹어야지. 너는 어째 만날 그 상태냐. 아니다, 지금 보니까 가슴이 좀 나온 것 같기도 하고."

란이는 얼른 두 팔로 가슴을 감쌌다. 쫙 달라붙는 터틀넥 티를 입고 있었기 때문에 몸매가 훤히 드러났다. 란이는 벗어 놓은 패딩을 다시 입을까 생각하다가 그냥 말았다. 민성이는 힐끔 보는 듯하더니 젓가락을 들었다.

청주댁이 피식 웃고는 다시 김밥을 싸러 갔다. 란이는 돈가스와 김밥, 라면을 열심히 먹었다. 민성이도 라면에 얼굴을 박고 고개를 들 줄 몰랐다.

밥을 다 먹자 오늘 있었던 일이 한밤의 꿈처럼 느껴졌다. 하루 동안 일어난 일이 아니라 며칠에 걸쳐 일어난 일 같았다.

돈을 내고 식당 문을 나서는데 청주댁이 란이를 불렀다.

"란이야, 요새 뭐 하니?"

"네?"

"뭐 하고 지내냐고."

"그냥."

"할 일 없음 가게에 나와 일 좀 도와라."

말을 마친 청주댁은 대답을 듣지 않고 테이블을 치우러 갔다. 언제부터 해라, 몇 시까지 와라 등등의 이야기는 일절 없었다. 란이는 갸우뚱하고는 식당 문을 나섰다.

민성이가 집에 데려다주겠다고 했다. 싫다고 했지만 무작정 따라왔다.

"우리 집은 어떻게 알았어?"

"내가 니네 집을 어떻게 아냐."

"그럼 어떻게 왔어?"

"비밀."

비밀이라고 말하며 민성이는 혼자 히죽히죽 웃었다.

"안 궁금해."

어느새 집 가까이 도착했다.

"이제 가 봐."

란이가 말하자 민성이가 휴대폰을 내밀었다. 란이처럼 폴더폰이었다.

"번호 좀."

란이는 전화번호를 입력했다. 친구로 지내도 괜찮을 것 같았다. 란이는 친구로, 라고 다시 한번 되뇌었다. 란이가 번호를 입력하자마자 민성이가 통화 버튼을 눌렀다. 란이의 바지 주머니 속에 들어 있던 휴대폰이 드르륵 떨렸다. 란이가 휴대폰을 꺼내 확인하는 것을 본 후에야 민성이가 통화 종료 버튼을 눌렀다.

"내일 전화할게."

안으로 들어가는 란이의 뒤통수에 대고 민성이가 소리쳤다. 란이는 아무런 대답 없이 엘리베이터에 올라탔다.

집으로 들어가니 할머니가 벌써 와 있었다. 보통 오후 4시에 나가 밤 11시가 넘어서야 들어오는데 요즘에는 7시나 8시에도 종종 들어왔다. 아줌마 말로는 대로변에 큰 쇼핑센터가 들어오면서 할머니가 일하는 식당의 매상이 떨어졌다고 했다.

니네 할머니도 언제 잘릴지 모른다. 몸 성한 아줌마들 천지인데 누가 칠십 할머니를 쓰겠어. 아줌마가 이런 말을 할 때는 설마 갑자기 잘리기야 하겠나 했는데, 남자와 나란히 앉아 있는 할머니를 보자 무서워졌다. 란이는 주기적으로 들어오는 돈이 없어진다는 것이 얼마나 무서운 일인지 알았다.

"밥! 먹었어?"

할머니의 목소리기 들려왔다. 귀가 어두운 할머니는 남에게 말할 때도 소리 지르듯 크게 말하는 버릇이 있었다. 란이도 큰 목소리로 대답했다.

"먹! 었! 어!"

란이는 패딩을 벗고 그대로 방바닥에 누웠다. 졸리다 생각할 틈도 없이 곯아떨어졌다.

7

눈을 떴다. 마른세수를 하고 거실로 나왔다. 할머니는 보이지
않고 남자만 텔레비전을 보고 있었다. 뭔가 이상했다.

남자가 뉴스를 보고 있는 것이다.

잘 때 아니면 하루 종일 텔레비전만 보는 남자도 보지 않는 프
로그램이 있으니 그게 바로 뉴스였다. 할머니가 세상 돌아가는
것 좀 보자며 뉴스를 틀면 획 화장실로 들어가 버렸다. 그럼 할
머니가 마음이 약해져 남자가 보던 프로그램으로 돌려 놓고는
했다.

화면에는 70미터 높이의 굴뚝에 올라가 고공 농성을 벌이는 해
고 노동자들의 이야기가 나오고 있었다. 코끝이 빨갰고, 얼굴은
검었다. 핏기가 없었고, 눈썹에는 살얼음이 내려와 있었다. 보는

사람으로 하여금 저절로 눈을 감게 할 만큼 위태로워 보였다. 그 장면 뒤에 강성 노조 때문에 기업들이 죽어 간다는 시민의 인터 뷰가 흘러나왔다.

란이는 부엌으로 가 물을 한잔 마셨다. 컵을 내려놓으며 남자 는 왜 저런 걸 보고 있을까 생각했다. 그 순간 텔레비전에서 웃음 소리가 흘러나왔다. 빠끔 보니 개그 프로그램이었다. 그럼 그렇 지. 다시 고개를 돌리던 란이와 남자의 눈이 허공에서 마주쳤다. 텅 빈 눈빛이었다. 이유는 알 수 없었지만, 심장이 아려 왔다. 란 이는 잠시 움직일 수 없었다.

란이는 방으로 들어와 옷을 입고 집을 나섰다.

엘리베이터를 타고 내려오니 찬 바람이 휙 끼쳤다. 패딩에 얼 굴을 파묻고 걸어가는데 누군가 부르는 소리가 들렸다. 잘못 들 었나 하고 고개를 갸웃거리는데, 다시 유란, 이라는 소리가 들려 왔다.

"야, 유란!"

앞에 클레어가 보였다.

"너, 여긴 왜 왔어?"

란이가 놀라서 묻자 클레어가 걸어오며 말했다.

"왜 오긴. 너 보러 왔지."

란이가 입을 벌린 채로 가만히 서 있자 클레어가 메고 있던 가방을 벗으며 말했다.

"이거 놓고 갔지?"

란이가 아르바이트를 할 때 썼던 백팩이었다. 깜빡하고 관리실에 놓고 온 모양이었다.

란이는 어딘가로 사라져 버리고 싶었다. 클레어를 보니 어제 관리실에서 있었던 일들이 선명하게 떠올랐다. 엘리베이터에서 만났던 부부의 경멸의 눈초리, 대표의 비웃는 듯한 말투, 무엇보다 남자의 초라한 몰골. 이 모든 걸 클레어가 지켜보고 있었다는 걸 떠올리자 얼굴이 달아올랐다.

"팔 떨어지겠다."

클레어가 란이의 손에 백팩을 들려 주며 말했다.

"이거 갖다 주러 왔어?"

"아, 겸사겸사. 어디 가서 잠깐 이야기 좀 하자."

"무슨 얘기?"

"오다 보니까 저쪽에 작은 커피숍 하나 있던데. 거기 가자."

클레어가 란이의 팔짱을 끼고는 걸음을 재촉했다. 란이는 엉거주춤한 자세로 끌려갔다.

클레어는 커피숍에 들어가자마자 란이의 의사도 물어보지 않고 아메리카노 두 잔을 시켰다. 잠시 침묵이 흘렀다.

"이럴 필요 없는데."

란이가 어색함을 깨고 말했다.

"기껏 갖다 줬더니 한다는 소리가 그거야?"

클레어가 란이를 흘겨보며 말했다.

"여기 온 진짜 이유가 뭐야?"

란이가 클레어를 똑바로 쳐다보았다. 그 전까지 종알종알 잘도 말하던 클레어가 갑자기 입을 다물었다. 란이는 재촉하지 않았다. 원래 자기 멋대로인 애니까 가만두면 말을 하든 그냥 가든 할 것이다.

"어제 우리 아빠 때문에 속상했지?"

그 순간 혀를 차던 대표의 얼굴이 떠올랐다. 란이가 뭐라 말하기도 전에 클레어가 말을 이었다.

"맞아, 그 대표가 내 아빠야."

그러더니 물을 한잔 마시고는 크게 심호흡을 했다.

"너 돈 필요해서 알바하는 거지?"

클레어가 물었다. 란이는 꼭 놀림받는 기분이었다.

"그 돈 내가 줄게."

란이는 가방을 들고 자리에서 일어섰다. 아르바이트는 할지언정 남의 돈을 탐낸 적은 없었다. 지금의 클레어는 꼭 어젯밤에 본 대표 같았다. 위에서 내려다보며 깔보는 모습이 말이다.

커피숍을 나오는 란이를 클레어가 따라왔다. 란이가 뒤를 돌아보자 클레어는 걸음을 멈췄다. 란이는 빠르게 걸었다. 클레어도 따라 걸었다. 둘은 어느새 놀이터에 다다랐다.

"화났어? 미안해."

클레어였다.

"니가 오해한 모양인데, 그런 뜻 아니야."

클레어가 숨이 차는지 헉헉거리며 말했다.

"넌 뭔지 묻지도 않고 그러냐."

"뭔데?"

란이는 듣고 나서 화를 내든 무시하든 해도 늦지 않을 거라고 생각했다.

"나 좀 도와줘. 그냥, 사소한 장난 같은 거야. 나는 그 새끼 엿 먹여서 좋고, 너는 돈 버니까 좋고."

"그 새끼라니?"

"니가 어제 본 입주민 대표, 그러니까 우리 아빠."

란이는 클레어의 느닷없는 이야기에 어안이 벙벙했다. 자기 아빠를 왜? 란이는 이유를 물어볼까 하다가 입을 다물었다. 관여하고 싶지 않았다. 자신 앞에 놓인 문제만으로 충분히 벅찼다.

란이가 고개를 돌렸다.

"아주 단순한 거야. 전화 한 통만 해 주면 돼."

클레어가 애원하듯 말했다. 란이를 바라보는 클레어의 눈에 장난기는 하나도 없었다. 대신 다른 뭔가가 있었다.

란이는 클레어와 헤어지고 지하철역으로 갔다. 어제 그렇게 된 이후 최 실장과 연락이 되지 않았다. 광고사무소로 직접 찾아가 못 받은 돈을 받을 생각이었다.

사무소는 좀 외진 곳에 있었다. 다세대주택과 미용실, 슈퍼 등이 있는 작은 골목에 자리 잡고 있었다. 간판은 따로 없고 '우림 광고사무소'라는 나무 문패가 걸려 있었다.

란이가 문을 열고 들어가자, 인쇄기 돌아가는 소리가 시끄럽게 들렸다. 광고 문구와 이미지가 박힌 빳빳한 종이가 쉴 새 없이 쏟아져 나왔다. 인쇄기를 돌리던 남자가 란이를 쳐다봤다.

"누구여?"

"저 최 실장님 만나러……."

란이가 개미만 한 목소리로 말하자 남자가 고갯짓을 했다. 그쪽에 작은 쪽문이 하나 더 있었다. 란이가 문을 열고 들어가자 책상 몇 개가 놓인 사무실이 나왔다. 최 실장과 여사무원이 앉아서 업무를 보고 있었다.

최 실장이 먼저 란이를 발견했다. 최 실장의 표정이 일그러졌다.

"여긴 왜 왔어?"

위협적인 말투였다. 란이가 생각한 것과 다른 반응이었다. 최소한 미안하다고 할 줄 알았다. 전화 못 받아서, 보호해 주지 못해서. 그런데 오히려 란이가 못 올 데를 온 것처럼 굴었다.

"돈 받으러요."

"무슨 돈?"

"덜 받은 돈이요."

최 실장은 책상으로 눈을 돌렸다.

"돈 주세요."

란이가 한 번 더 말하자, 최 실장이 벌떡 일어서 란이에게 다가
왔다. 란이가 흠칫 몸을 뒤로 뺐다.

"돈? 야, 내가 지금 너 때문에 손해 본 돈이 얼만 줄 알아?"

최 실장이 수첩을 흔들며 말했다.

"제가 무슨……."

"니네가 얼빵하게 굴어서 계약 해지당하고, 위약금까지 물어
주게 생겼어. 손해배상 청구 안 하는 걸 고맙게 생각해."

"매일 돈 조금씩 모자라게 주셨잖아요."

란이가 작은 목소리로 말했다. 간신히 짜낸 목소리였다.

"한 달 채우면 준다고 했잖아. 한 달 채웠어, 안 채웠어?"

"제가 일한 거잖아요."

"그래, 법대로 하자 이거지?"

최 실장이 조소를 띠며 말했다.

"맘대로 하세요. 저는 못 줍니다!"

최 실장은 사무실을 나갔다.

란이는 법에 대해 떠올렸다. 법대로 한다면 주기로 했던 돈을
줘야 하는 게 아닌가. 란이는 쫓아갈까 하다가 그대로 있었다. 정
당한 행동을 하는 거라고 생각했지만, 최 실장이 무서웠다.

"이거 마셔."

여사원이 종이컵을 내밀었다. 녹차 우린 물이었다.

"그냥 똥 밟았다 생각해."

란이는 종이컵을 들고 사무실을 나왔다.

집으로 들어오니 할머니가 와 있었다. 란이는 모른 척 방으로 들어갔다. 베개에 얼굴을 묻고 눈을 감았다.

좀 전에 있었던 최 실장과의 일과 그 전에 있었던 클레어와의 일이 떠올랐다. 최 실장은 줘야 할 돈을 못 주겠다고 했고, 클레어는 필요한 돈을 주겠다고 했다.

란이는 애초에 돈이 필요했던 이유를 떠올렸다. 나팔관 수술 때문이었다. 나팔관 수술은 아줌마 때문에 알게 되었다. 하루 종일 울어 젖히다 가까스로 잠든 콩이 옆에 쓰러지듯 누운 아줌마가 말했다.

"내가 나팔관 수술하면서 다시는 애 키울 일은 없다 싶었는데 말년에 이게 무슨 고생인지. 남편 복 없는 년은 자식 복도 없다더니 내가 그 짝일 줄 상상이나 했겠니."

할머니가 갈빗집에서 싸 온 갈비를 갖다 주러 간 길이었다. 언니가 죽은 지 한 달이 채 되지 않았을 때였고 아줌마가 점점 말라 갈 때였다. 그때 란이는 한 달 내내 아줌마 집으로 밥을 배달했다. 아줌마가 좋아하는 진미채볶음이나 돼지장조림, 미역국 등을 아무리 갖다 줘도 아줌마는 입에 대지 않았다. 이번에도 안 먹겠지 하고 갈비를 들고 갔는데 누워 있던 아줌마가 벌떡 일어나더니 상도 펴지 않고 그 자리에서 밥 한 공기와 갈비 한 접시를 뚝딱했다.

그러더니 허공에 대고 욕을 했다.

"미친년, 죽일 년, 몹쓸 년, 불쌍한 년."

집으로 돌아가는 란이의 등 뒤에다 아줌마가 말했다.

"내일부터 갖고 오지 마. 안 죽어. 악착같이 살 거야. 내가 억울해서 이렇게는 못 죽지. 암, 못 죽지."

그리고 정말 아줌마는 밥을 먹기 시작했다. 빠르게 살이 찌기 시작하더니 어느새 복부에 띠를 두른 것 같은 뱃살을 가지게 되었다.

란이는 그날 집으로 돌아와 인터넷 검색창에 '나팔관 수술'이라고 쳐 보았다. '여성 불임 수술'이라는 검색어가 떴다.

임신을 원하지 않는 여성은 난관 수술 또는 난관 결찰술(tubal ligation)이라 부르는 불임 수술을 통해 영구적으로 임신을 막을 수 있다. 여자의 몸에서 한 달에 한 번 배출되는 난자는 나팔관(수란관, oviduct)을 통해 이동하다가 정자를 만나기 때문에, 이 관을 막으면 수정이 일어나는 것을 방지하게 된다.

백과사전에 나와 있는 설명이었다. 임신이 가능한 상태와 불가능한 상태를 스스로 선택할 수 있다니 놀라웠다. 란이는 애를 낳을 수 없는 몸이 되고 싶다는 생각을 현실화할 수 있는 방법을 그날 밤 얻었다.

그리고 오늘 클레어가 말했다.

'그 돈 내가 줄게.'

란이는 고개를 흔들었다.

'나 좀 도와줘.'

란이는 그 말을 곱씹었다. 그 말만은 쉽게 뿌리칠 수 없었다.

여태껏 살면서 누군가 자신에게 도움을 요청했던 적이 있었나. 누군가 자신을 필요로 한다니 기분이 묘했다. 그게 아무리 하찮은 일이라도. 그게 나쁜 일이라고 해도.

누워 있던 란이가 일어섰다. 그리고 주머니 속에 넣어 둔 휴대폰을 꺼냈다.

8

"어디 가니?"

아줌마다. 또 콩이를 맡기려는 것이다. 아줌마는 할머니가 집에 있으면 할머니에게 콩이를 맡기고, 없으면 란이에게 떠맡겼다.

"어디 가는데? 꼭 나가야 돼?"

아줌마가 뭘 알고 물어보는 것도 아닌데 란이는 괜히 마음이 찔려 우물거렸다.

"저 친구 만나러……."

"방학 때만이라도 아름이 봐 주면 얼마나 좋니?"

"제가 뭐 집에만……."

"아름이한테는 네가 이모잖아. 안 그래?"

아줌마는 꼭 이렇게 죄책감을 안겨 줬다.

란이는 콩이를 쳐다봤다. 아름이란 이름을 가진 콩이를. 아줌마가 콩이를 키우게 되고 처음 한 일은 출생신고였다. 동사무소에 가서 서류를 작성한 후 이름난에 김아름이라고 적었다. 너라도 아름답게 살라는 뜻이랬다. 언니가 그렇게 가고 죽조차 제대로 먹지 못하던 아줌마가 김아름이라는 이름을 생각해 내다니 놀라운 일이었다.

아름아, 아름아. 란이는 어쩐지 그 이름이 슬퍼 그냥 콩이라고 불렀다. 콩알만 하다고 해서 할머니가 붙여 준 별명이었다. 콩알만 한 게 살겠다고, 쯔쯔. 할머니는 혀끝을 찼지만 동정이 아니라 대견하다는 의미라는 걸 란이는 알 수 있었다.

"이따 빨리나 들어와라."

"네."

란이는 아줌마를 뒤로하고 길을 나섰다. 자기 집 근처 카페에서 11시까지 보자는 클레어의 문자를 보고 집을 나서는 길이었다. 아파트 단지를 나오는데 민성이가 보였다.

"너 여기서 뭐 해?"

"너 기다렸어."

"왜?"

"그러게."

싱거운 놈. 란이는 터벅터벅, 그러나 민성이가 따라올 수 있도록 천천히 걸었다. 오랜만에 햇볕이 쨍쨍했다. 하루 종일 걷고 싶은 날씨였다. 클레어를 만나러 가는 길만 아니었다면 이대로 민성이와 조금 더 걸어도 괜찮겠다고 생각했다.

"어디 가는 길이야?"

"친구, 아니……."

하고는 잠깐 말을 멈췄다 다시 말했다.

"그래, 친구 만나러."

"무슨 말이 그래. 늦게 와?"

"왜?"

"그냥. 나도 지금 일 나가."

"어디?"

"내가 뭘 하겠어, 전단지지. 거기보다 500원 더 줘."

"나쁜 새끼!"

민성이가 화들짝 놀라 란이를 쳐다봤다.

"너 말고, 최 실장. 못 받은 돈은 받았어?"

민성이가 고개를 저었다.

"그냥 다른 일 하지."

"일할 데가 없으니까. 누가 우리 같은 애들 써 주겠어."

란이가 가만히 고개를 끄덕였다.

"어제 걸린 애가 있나 봐. 걔도 불법체류자인데 경찰서로 넘어갔대."

"불법체류자인지 어떻게 알고? 경비원이 신분 조회 같은 거 할 수 없잖아."

"그러게, 근데 다들 알더라고. 우리 몸에 도장이라도 찍혔나 봐. 내 눈에는 안 보이는데."

"내 눈에도 안 보여."

란이가 말을 하자 민성이가 하, 하고 탄성을 내뱉었다. 짧지만 강렬한 탄성이었다. 민성이가 란이를 바라봤다.

배우지 않아도 저절로 알게 되는 것이 있다. 가령, 지금 이 순간 상대방의 눈빛이 무엇을 의미하는지 같은 것 말이다. 특정한 사람만이 줄 수 있는 위안이란 게 있다. 란이는 민성이의 눈을 피하지 않았다. 민성이의 얼굴이 단감처럼 붉어졌다.

"나, 가 볼게."

민성이가 헛기침을 하더니 지하철 역으로 쏙 들어가 버렸다.

"쯧쯔."

란이는 괜히 할머니처럼 혀를 찼다. 무안하거나 부끄러울 때 나오는 행동이었다.

한참 약속 장소로 가고 있는데 진동이 왔다.

—그게, 시간 되면 월미도 가자고.

민성이였다.

—웬 월미도?

란이가 답장을 보내자마자 드르륵 문자가 왔다.

—나 디스코팡팡 꼭 타 보고 싶어.

란이는 피식 웃고 그대로 휴대폰을 주머니에 집어넣었다. 답장은 조금 늦게 해도 괜찮을 것 같았다.

어느새 버스가 목적지에 도착했다. 란이는 버스에서 내려 걸었다.

클레어가 먼저 와 기다리고 있었다. 평일 오전이라 그런지 카페는 한산했다. 클레어는 구석에 앉아 있었다.

"왔어?"

클레어가 손을 들었다. 란이가 어색한 미소를 지으며 자리에 앉았다. 클레어가 어떤 음료를 먹을지 물었다. 란이는 곰곰이 생각하다 같은 거, 라고 말했다. 어차피 커피 메뉴 같은 건 잘 모르니까.

음료가 나오고 조금 뜸을 들이다 클레어가 입을 열었다.

"계획은 간단해."

간단하다고 말하면서도 목소리를 낮췄다.

"니가 전화해서 낙태 수술 할 수 있냐고 물어봐. 그럼 간호사가 된다고 할 거야. 그걸 녹음해서 신고하면 돼!"

정말 간단했다. 너무 간단해서 이렇게 쉽게 돈을 벌 수 있단 말이야, 하고 물어보고 싶을 만큼.

"정말이야?"

란이가 물었다.

"그럼. 낙태하면 안 돼. 법이 그래."

"왜?"

"음…… 나도 이번에 찾아보면서 알게 됐는데, 태아도 생명으로 보나 봐."

"낳아서 책임지지 않는 게 잘못이지, 안 낳는 게 왜 문제야."

"그러게. 자식 낳으면 안 되는 부모들이 얼마나 많은데……. 우리 집에만 두 명 있어."

클레어가 웃었다. 농담으로 듣기에는 뭔가 뼈아픈 말이었다.

클레어가 통화가 녹음되도록 전화기를 세팅했다. 그리고 전화를 걸기 전에 다시 한번 말했다.

"할 수 있겠지?"

"나 너무 떨려."

"괜찮아. 낙태 되나요? 이렇게 한 번만 물어보면 돼."

"낙태 되나요? 이렇게?"

"너무 연기 같잖아. 좀 더 자연스럽게."

"저, 혹시, 낙태 되나요?"

"아까보다는 괜찮은데 좀 더 떨리는 목소리로. 그 있잖아, 목소리만 들어도 애가 긴장하고 있구나 느낄 수 있게. 니가 임신했다고 생각해 봐, 얼마나 무섭겠어."

그럼 니가 하든가, 라는 말이 목구멍까지 올라왔다.

란이는 마음을 가다듬고 클레어가 건네준 전화기의 통화 버튼을 눌렀다.

"전화 주셔서 감사합니다. 여기는 생명산부인과입니다. 잠시만 기다려 주시……."

미리 녹음해 놓은 멘트가 채 끝나기도 전에 딸각 소리가 났다.

"네, 생명산부인과입니다."

"……."

"여보세요? 생명산부인과입니다."

클레어가 란이의 팔을 툭 치며 대답해, 라고 입 모양으로 말했다.

"……여보세요."

"네, 생명산부인과입니다."

"저기……."

"혹시 미성년……?"

"……네."

"내원 가능하세요?"

"네?"

생각지도 못한 전개였다.

"어떤 일 때문인지 알 것 같아요. 짐작이 가니까 전화로 이러지 말고 우선 내원해 주시겠어요? 병원 위치는 문자메시지로 보내 드릴게요."

"……."

"여보세요?"

"네?"

"오늘 가능하세요? 아니면 내일로 예약 잡아 드릴까요?"

클레어가 란이의 옆구리를 꾹꾹 누르며 입 모양으로 크게 내일이라고 말했다.

"……내일요."

"네, 그럼 내일 뵐게요. 혹시 못 찾으시면 연락 주세요."

"네."

"아참. 이름이 어떻게 되나요?"

란이는 순간적으로 본명을 말해도 될까 고민했다.

"저 유, 미란이요. 유, 미, 란."

"네 알겠습니다. 내일 뵙겠습니다."

전화를 끊고 나니 식은땀이 흘러내렸다. 패딩을 벗었다. 어쩌다 보니 가겠다고는 했지만 직접 가는 건 상상도 못 했던 일이다. 란이는 클레어를 쳐다봤다.

"나 못 하겠어."

"이제 와서 그러면 어떡해."

"전화만 하면 된다고 했지, 직접 가는 건 말 안 했잖아."

"이렇게 될 줄 몰랐지. 가서 물어보기만 하면 돼."

"그게 그렇게 간단해? 그리고 혼자 어떻게 병원엘 가."

"내가 병원 앞까지 같이 가 줄게."

"병원에는 나 혼자 들어가야 하잖아. 너는 뒤에서 시키기만 하면서……."

란이는 짜증이 났다. 말로 하는 건 누가 못 할까. 직접 산부인과에 가야 하는 건 란이였다.

"밥 같이 먹자. 내가 쏠게."

"니가 왜? 같게."

버스 정류장에 도착해 교통카드를 꺼내는데, 거기까지 따라온 클레어가 입을 열었다.

"부탁이야."

란이가 돌아보았다.

"또 혼자 밥 먹기 싫어서 그래."

클레어가 고아 같은 얼굴을 하고서 말했다.

패밀리레스토랑은 2층에 있었다. 텔레비전에서 보던 것과 똑같았다. 시끄러운 음악이 흘러나왔고 유니폼을 입은 종업원이 자리를 안내했다.

클레어가 란이에게 메뉴판을 내밀었다. 메뉴판에 적힌 건 분명 한글이지만 란이가 전혀 읽을 수 없는 명사들이었다. 란이가 한참 동안 메뉴판만 바라보고 있자 클레어가 물었다.

"내가 주문할까?"

란이가 고개를 끄덕였다.

"리코타 샐러드랑 크랩 크림 파스타, 립아이 스테이크랑 웨지 포테이토 주세요."

"네. 리코타 샐러드, 크랩 크림 파스타, 립아이 스테이크, 웨지 포테이토, 감사합니다."

"네."

"음료는 뭘로 하시겠습니까?"

종업원이 란이에게 먼저 물었다.

"사이다요."

"저는 피나콜라다 주세요."

"네, 스프라이트 하나, 피나콜라다 하나. 감사합니다."

종업원이 상쾌한 미소와 함께 물러났다.

"너도 피나콜라다 마시지. 맛있는데."

"됐어."

클레어가 패딩을 벗고 물잔으로 손을 뻗자 소매가 올라갔다. 손목에 시커먼 멍 자국이 선명하게 보였다. 란이의 놀란 눈이 클레어와 마주쳤다. 란이는 못 본 척 고개를 돌렸다. 클레어가 소매를 내리다 한숨을 내쉬었다.

"안 보이는 데는 더해."

그러고는 아무렇지 않게 물을 마셨다. 란이는 어떤 말도 할 수가 없었다.

음식이 나오기 전에 음료가 먼저 나왔다. 클레어는 피나콜라다를 한 모금 마신 후 란이에게 줬다. 파인애플 맛도 나고, 바나나 맛도 났다.

"맛있지?"

란이가 고개를 끄덕였다.

란이는 생각했다. 때리지만 맛있는 음식을 먹을 수 있게 해 주는 아빠와 때리지는 않지만 밥 한 톨 주지 않는 아빠 중에 어떤 아빠가 더 나을까? 너무 어려워 도저히 대답할 수 없는 물음이었다.

웨지 포테이토가 나오고 조금 있다가 샐러드, 파스타, 스테이크가 나왔다. 너무 많아 둘이서 도저히 먹을 수 없을 만한 양이었다. 입맛이 없다고 생각했는데 막상 포테이토에 듬뿍 얹힌 치즈를 보니 침이 고였다. 포크로 하나 집어 입에 넣었다. 말할 수 없을 만큼 느끼했다.

배불리 먹었는데도 반 이상이 남았다. 부끄럽지만 않다면 싸 가고 싶었다. 특히 붉은 기가 남아 있는 스테이크가 탐이 났다. 반년 전부터 이유식을 시작한 콩이에게 스테이크를 아주 잘게 썰어 이유식을 만들어 주고 싶었다. 아니면 할머니에게 주고 싶었다.

할머니는 점점 쇠약해지고 있었다. 저러다 사라지는 게 아닐까 싶을 만큼 얇아지고 작아졌다. 마치 아기가 되려 하는 것 같았다. 란이는 만약 다시 태어난다면 할머니의 할머니가 되고 싶다고 생각했다. 그럼 작아지는 모습 대신 점점 자라는 모습을 볼 수 있을 테니까. 란이는 핏물이 고인 식은 스테이크를 오래도록 노려봤다.

"뭐 하나 물어봐도 돼?"

란이가 클레어에게 물었다.

"넌 아빠가 처벌받아도 상관없어?"

처음부터 궁금한 질문이었다.

"너는? 너네 아빠라면 슬플 것 같아?"

"나는 일부러 신고는 안 해."

"인터넷 홈페이지에 낙태 광고를 해서 신고당한 산부인과 의사가 있는데 벌금 200만 원 선고받고 끝났어. 낙태죄가 아니라 허위과장광고 혐의로. 아마 이런 일로는 눈 하나 깜짝하지 않을 거야. 그 사람 꿈이 뭔지 알아?"

란이가 고개를 가로저었다.

"부자! 웃기지? 지금으로는 부족하대. 노블팰리스라고 알지? 거기 사는 게 꿈이래. 무슨 그딴 꿈이 다 있니? 엄마 말로는 어렵게 자라서 더 돈에 집착하는 거래."

클레어가 발랄한 목소리로 말했다. 그러나 몸짓은 연기하는 것처럼 부자연스러웠다.

"이걸 해서 니가 얻는 게 뭔데?"

"후련함? 통쾌함? 사실 잘 모르겠어. 근데 이렇게라도 안 하면 억울해서 못 견딜 것 같아. 우리 엄만, 나 원망해. 나 낳고 몸매 망가졌다고."

그 여자는 어떨까? 란이는 그 여자를 떠올렸다.

교문을 담담히 지나게 되면서, 란이는 스스로 성장했다고 생각했다. 섣부른 기대나 희망 따위는 갖지 않는 어른이 된 거라고. 그런데 오늘 문득, 자신 안에 통과하지 못한 교문이 아직 남아 있다는 걸 깨달았다.

그걸 통과할 수 있는 방법이라는 게 있을까?

아마 엄마가 떠나기 전의 여섯 살로 돌아가는 방법 외에는 없을 것이다. 세상의 어떤 일은 그저 겪음으로써 인생이 송두리째 흔들리기도 한다.

란이는 자신이 절대 아기를 갖지 않겠다고 결심한 게 일 년 전 정아 언니 때문이라고만 생각했다. 그런데 어쩌면 그 씨앗은 십년 전에 잉태된 것일 수도 있다는 생각이 들었다.

"그러니까."

잠깐 다른 생각에 정신이 팔려 있는 사이, 클레어가 다시 말했다.

"그러니까 도와줘. 응? 내가 우리 도와줄 사람 찾아올게. 너 혼자 병원에 안 가게 할게. 응?"

란이는 차마 클레어의 눈빛을 외면할 수 없었다. 천천히 고개를 끄덕였다. 클레어가 미소를 지었다.

클레어가 카드로 계산을 하고 레스토랑을 나왔다.

"고마워. 내일 보자."

클레어가 방긋 웃더니 택시를 잡아 탔다.

란이는 터벅터벅 걸어 버스 정류장으로 갔다. 억울하다던 클레어의 말이 떠올랐다. 란이도 마찬가지였다. 이건 자신이 선택한 인생이 아니었다.

누구나, 인생에 있어 선택지가 별로 없다는 생각이 들었다.

9

　잠깐 잤다고 생각했는데 어느새 창밖으로 어둠이 몰려와 있었
다. 휴대폰을 열었다. 문자가 와 있었다.

　─기다리고 있어.

　민성이의 문자였다. 시간을 확인하니 벌써 저녁 7시가 넘었다.
민성이가 문자를 보낸 시간은 오후 4시였다. 전화를 걸자 민성이
가 바로 받았다.

　"여보세요?"

　이가 달달 떨리는 소리가 들렸다.

　"너 어디야?"

　"너네 집 앞."

　"뭐?"

란이는 얼른 전화를 끊고 옷을 입었다. 한겨울이었다. 세 시간 동안 밖에 서 있었다면 온몸이 얼었을 것이다. 란이가 급하게 나가는 모습을 보고 할머니가 손짓을 했다. 할머니는 오늘도 일찍 오셨구나. 란이는 다급한 순간에도 그런 생각을 했다.

"바로 올! 게!"

엘리베이터를 타고 내려가니 민성이가 입구 계단에 쭈그리고 앉아 있었다. 란이는 민성이에게 다가가 등을 때렸다.

"미쳤어?"

"헤헤."

민성이가 멋쩍은 웃음을 지었다. 민성이가 일어서려다 다시 주저앉았다. 너무 오랫동안 앉아 있어서 쥐가 난 모양이었다.

"걸을 수 있겠어?"

묻기는 했지만 란이가 보기에도 힘들 것 같았다. 볼이 꽝꽝 얼어 있었다. 보이지 않는 곳도 다 얼었을 것이다. 민성이가 고개를 끄덕였지만 이대로 돌려보내긴 무리였다. 잠시 어떻게 할까 고민을 하다 집에 데려가야겠다는 생각을 했다. 그것밖에 방법이 없어 보였다.

"안 되겠다. 우리 집에서 몸 좀 녹이고 가."

"뭐?"

민성이는 놀란 것 같았지만 싫다고는 하지 않았다. 란이는 민성이를 부축했다.

"근데 왜 왔어?"

엘리베이터를 기다리며 란이가 물었다. 민성이는 웃기만 했다.

집에 들어가니 남자가 란이 쪽을 휙 쳐다봤다. 할머니도 놀란 눈치였다.

"친군데! 몸이 얼어서!"

란이가 말하자 할머니가 고개를 끄덕였다. 남자도 다시 텔레비전으로 고개를 돌렸다. 민성이를 거실에 두고 부엌으로 가 낡은 주전자에 물을 받아 가스레인지에 올렸다. 설탕을 밥숟가락으로 한 숟갈 퍼 넣고, 뜨거운 물을 부었다. 휘휘 저어 민성이에게 갖다 주니 잘 먹었다. 얼었던 얼굴이 녹으며 더 발그레해졌다.

"밥! 먹고 가!"

할머니였다. 할머니의 큰 목소리에 민성이가 움찔했다.

"네……."

너무 작은 목소리라 안 들렸을 텐데도 할머니는 고개를 끄덕였다. 밥이라고 해 봐야 김치하고 달걀 프라이가 전부일 텐데 할머니는 누구라도 집에 오면 꼭 밥을 먹고 가라고 했다. 오는 사람이라고는 옆집 아줌마나 동 대표가 전부지만 말이다.

란이네 집은 거실 겸용으로 쓰는 방 하나와 작은 방 하나, 부엌과 화장실이 전부였다. 때문에 부엌에 있는 식탁은 4인용이라고는 하지만 아주 작았다. 한 면은 벽에 붙어 있고 나머지 삼 면에 한 사람씩 앉으면 끝이었다.

란이는 방에서 책상 의자를 가지고 와 자신의 옆자리에 놓았다. 남자가 벽과 마주 보는 방향으로 앉고 할머니가 혼자, 그리고 란이와 민성이가 같이 앉았다.

"왜! 이렇게! 일찍 왔어!"

자리에 앉자마자 란이가 할머니에게 물었다.

"일이 없어!"

란이는 자신도 모르게 크게 한숨을 내쉬었다.

"어디 사니?"

한참 밥을 먹고 있는데 남자가 불쑥 민성이에게 물었다. 민성이는 우물쭈물하다 한참 만에 입을 열었다.

"원래는 쪽방에서 엄마랑 같이 살았는데 지금은 찜질방 같은 데서 지내요."

남자가 눈을 동그랗게 떴다. 셋 다 숟가락질을 멈추고 민성이를 바라봤다.

"엄마는 지금 외국인보호소에 있어요. 원래 엄마는 가구 공장에서 일했었는데요, 월급이 자꾸 밀려서 돈 달라고 했더니 사장이 신고하는 바람에…… 엄마도 불법체류 중이거든요."

"나쁜 새끼들."

민성이가 말을 마치자마자 남자가 내뱉었다. 남자는 화가 난 것처럼 보였다. 민성이의 이야기 중 어느 부분이 남자를 화나게 한 것인지는 모르겠지만 남자가 어떤 일에 이렇게 구체적으로 반응

하는 건 오랜만이었다. 란이는 남자에게 아직 감정이 남아 있다는 사실에 놀랐다.

"자고 가!"

할머니였다. 열여섯 손녀딸이 있는데 자고 가라는 말이 쉽게 나올까. 란이는 어이가 없으면서도 한편으로 다행이라는 생각이 들었다. 혼자 지낸다는데 이대로 보내긴 그랬다.

민성이는 가타부타 말이 없었다.

둥근 철제 손잡이가 돌아가는 소리가 들렸다. 란이네 집에 노크 없이 불쑥 찾아올 사람은 아줌마밖에 없었다. 란이가 일어섰다. 콩이를 등에 업은 아줌마가 열을 내며 신발을 벗었다.

"미친놈, 지랄 염병하고 자빠졌네."

"왜 그러세요?"

"뭐? 버려? 애가 물건이야. 내가 진짜 꼴사나워서. 내가 보여 줄 거야. 우리 아름이 얼마나 잘 크는지, 똑똑히 보여 줄 거야."

아줌마가 씩씩거리며 식탁으로 왔다.

"남는 밥 좀 있니?"

똑같은 레퍼토리다. 아줌마는 밥하기 싫은 날이면 란이네 집으로 와 밥을 달라고 했다. 맡겨 놓은 물건 찾듯, 아주 당당하게. 아줌마가 돌아간 후 란이가 좁다고 불평하면, 할머니는 '싸가지 없는 년'이라고 응수했다. 사람이 먹는 인심이 박하면 못쓰는 법이라며 퉁을 줬다. 인심 좋아서 어디다 쓸 거냐고 해도 소용없었다.

란이는 대답 대신 베란다로 나가, 나무 의자를 들고 왔다. 한쪽 발이 조금 짧아 수평이 맞지 않는 의자였다. 그 의자를 할머니 옆에 놓고 밥을 고봉으로 퍼 아줌마 앞에 놓았다. 아줌마가 포대기를 풀어 콩이를 한 손으로 안고, 한 손으로는 밥을 떠먹었다.

"누구니?"

아줌마가 그제야 민성이를 발견한 모양이었다.

"제 친구예요."

란이가 말했다.

"친구? 몸조심해. 그넌 꼴 나지 말고."

남자가 숟가락을 소리 나게 내려놨다.

"아이고, 알았다, 알았어."

아줌마는 본격적으로 밥을 먹기 시작했다. 씹지도 않는지 금세 한 그릇을 뚝딱했다.

"할매! 잘렸어요?"

할머니가 고개를 저었다.

"그럼? 필요할 때만 부른대요?"

할머니가 고개를 끄덕였다.

"아이고, 나쁜 놈들. 그래 부르면 생활이 되나. 행복슈퍼에서 사람 구한다고 하던데 할매가 할 일은 아닌것 같고. 걱정이다, 걱정."

아줌마가 숟가락을 내려놓고는 능숙하게 상을 치우기 시작했

다. 싱크대에 뜨거운 물을 받아 수저와 그릇들을 몽땅 집어넣었
다. 반찬 뚜껑을 닫아 냉장고에 넣고는 행주로 식탁을 박박 문질
렀다. 나름의 밥값이었다.

아줌마가 간다 만다 말도 없이 현관문을 열고 나갔다. 란이는
현관문을 잠그려다 말고 복도로 나왔다. 캄캄한 어둠 속에서도
볼이 붉은 가로등이 서 있었다.

10

카페로 들어가니 클레어가 웬 남자와 앉아 있었다. 또래로 보이지는 않았다. 남자는 눈도 크고, 코도 오뚝하고 무엇보다 입이 컸다. 보자마자 개구리처럼 생겼다고 생각했다.

"왔어?"

클레어가 란이를 발견하고는 손을 들었다. 란이가 다가가 남자에게 고개를 꾸벅 숙이고는 자리에 앉았다.

남자는 자신을 파수꾼이라고 부르라고 했다.

"파수꾼이요?"

되묻지 않을 수 없었다. 스스로를 파수꾼이라고 부르라는 사람이 제정신일 리가 없었다. 란이가 클레어를 쳐다봤다. 클레어가 크큭 소리를 내며 웃었다.

"파수꾼은 뭐 지키는 사람 아니에요?"

"그렇지."

"내가 병원 같이 가 줄 사람 찾아온다고 했지? 이 오빠가 우리 도와줄 거니까 너무 걱정 안 해도 돼. 이런 분야 전문이래."

클레어가 말하자 파수꾼이 어깨를 으쓱했다.

파수꾼은 자신이 하는 일에 대해 설명하기 시작했다. 그러니까 파수꾼은 파파라치였다.

그는 이 사회의 파수꾼으로서 하는 일이 아주 많았다. 고액 과외와 학원 불법 영업을 고발하여 사교육으로부터 학부모와 학생들을 지키는 '학파라치', 술과 담배로부터 청소년들의 건강을 지키는 '청파라치', 깨끗한 거리를 지키는 '쓰파라치', 담배꽁초 무단 투기를 적발하는 '담파라치', 불법 성매매를 적발하여 아름다운 성 문화를 지키는 '성파라치', 병역 기피자를 색출해 평등한 사회를 만드는 '병파라치', 짝퉁을 적발해 장인들의 노고를 지켜주는 '짝파라치'까지 하고 있었다.

파수꾼은 파파라치 전문 육성 학원에서 거금의 학원비를 내고 수료한 후 이 일을 시작했다고 한다.

"그런 학원이 있어요?"

"돈이 되는 일인데 왜 없겠어."

파수꾼이 심드렁하게 말했다. 맞다. 돈이 되는데 없을 리가 없다. 클레어는 파수꾼을 인터넷을 통해 알게 되었다고 했다. 자신

의 노하우를 단 100만 원에 전수해 주겠다는 글을 보고 클레어
가 연락한 것이다. 아무리 그래도 저 사람을 어떻게 믿고. 란이
는 선뜻 믿음이 가지 않았다. 마뜩찮은 감정은 대부분 맞는다는
걸 자주 경험했기에 더욱 찜찜했다. 파수꾼이 란이를 힐끔 쳐다
보았다.

"내가 오로지 돈 때문에 이 일을 한다고 생각하지 마. 다 나라
를 위해서야. 나 같은 사람 없었어 봐. 여기저기서 불법 낙태 하
고, 불법 과외 하고 그럴 거 아니야?"

"낙태가 뭐가 나빠요? 낳아서 버리는 게 나쁘지."

"배 속의 태아도 생명이야. 애 무서운 말 하네."

파수꾼은 자신의 경멸을 숨기지 않았다. 오히려 과장해서 드
러냈다.

"생명?"

란이는 뒷말을 잇지 못했다.

정아 언니가 만약 낙태를 했다면 어땠을까? 콩이를 볼 수 없었
겠지. 대신 언니는 자살하지 않아도 됐을 것이다.

란이는 고개를 흔들었다. 클레어가 파수꾼에게 그만하라는 눈
짓을 했다. 갑자기 오만 피로가 몰려왔다.

택시를 타고 산부인과 이름을 말했다. 기사는 의아한 얼굴로
쳐다봤다. 클레어가 아빠 병원에 가는 거라고 말하자 택시 기사

가 고개를 끄덕였다. 유명한 병원인지 택시 기사는 내비게이션
도 켜지 않았다.

파수꾼이 앞자리에 타고 란이와 클레어가 뒷자리에 앉았다.
출발하고 얼마 되지 않아 클레어가 란이의 옆구리를 손가락으
로 찔렀다. 왜? 란이가 입 모양으로 묻자, 클레어가 한참을 망설
이더니 미안해, 라고 말했다. 그리고 란이의 손을 잡았다. 란이
는 고개를 끄덕였다.

산부인과 근처에서 클레어가 내려 달라고 했다. 산부인과는 도
심 한가운데 있었다. 조금 외딴곳에 있을 줄 알았는데 의외였다.
클레어가 맞은편 카페를 가리켰다.

"저기 있을게. 끝나면 연락해."

클레어가 재빨리 길을 건너갔다.

산부인과에 들어가려고 하는데 파수꾼이 갑자기 란이의 손을
잡더니 자기에게 팔짱을 끼게 했다. 엉거주춤한 자세로 산부인과
문을 열었다. 대기실에는 사람이 많았다.

배가 볼록 나온 여자가 보였다. 그 옆에는 네 살 정도로 보이
는 아이가 서 있었다.

"엄마, 희준이 동생 아야 해?"

아이가 엄마의 배 위에 손을 얹으며 물었다.

"응, 동생 아야 한가 아닌가 보러 왔지."

엄마가 대답하자 남자아이가 엄마 배를 쓰다듬었다.

그 옆에는 사십 대로 보이는 여자와 아주 앳돼 보이는 소녀가 있었다. 여자는 화가 나 보였고 소녀는 어쩔 줄 몰라 했다. 다른 병원과 달리 산부인과의 대기실은 기쁜 사람과 슬픈 사람으로 명확히 나뉘어 있었다.

란이가 대기실 쪽을 넋 놓고 보고 있자 파수꾼이 눈치를 줬다. 접수대로 가 이름을 말하니 간호사가 미팅 룸으로 둘을 안내했다. 조금 기다리니 깐깐한 인상의 여자가 방으로 들어왔다.

"유, 미란 씨?"

"네."

"잘 왔어요. 배 보니까 아직 삼 개월도 안 된 것 같은데, 정확히 몇 개월이에요?"

"이 개월요."

파수꾼이 대신 대답했다.

"잘됐네. 이 개월이면 아기집도 생겼겠고, 가능하겠어요. 암튼 잘 왔어요. 너무 늦게 오면 힘들거든요. 오늘 수술 날짜 잡을까요?"

"중절 후유증은 없는 거죠?"

파수꾼이 물었다. 여자는 과장된 표정을 지었다.

"여기 개원한 지 십 년도 더 됐는데, 여태껏 한 번도, 단 한 번도 그런 적 없었어요. 늦둥이 임신한 사모님들이나 어린 친구들이 왜 수술비도 비싼데 굳이 이곳으로 오겠어요. 여기 소문은 들어 봤죠?"

이번에도 파수꾼이 고개를 끄덕였다.

"날짜 언제로 잡을까요? 그리고 수술비는 현금으로만 받는 거 알죠?"

란이가 망설이는 모습을 보이자 여자가 채근했다.

"지금 예약해도 바로 수술 못 받아요. 하도 밀려 있어서."

"전화 드릴게요."

파수꾼이 말하자 여자가 미간을 찌푸렸다.

"내가 정말 딸 같아서 하는 소린데, 싸다고 아무 데서나 하면 몸 망가지는 거 한순간이야. 남자야 수술비 적게 들면 좋을지 몰라도, 여자는 아니야."

여자가 갑자기 반말을 했다. 여기저기 다니며 가격을 비교해 보는 걸로 생각하는 모양이었다.

"네, 알죠. 내일 꼭 다시 연락 드릴게요."

파수꾼이 대답을 하고는 자리에서 일어섰다. 그러고는 란이에게도 일어서라는 손짓을 했다. 여자가 찝찝한 얼굴로 일어섰다.

"그래요, 생각해 보고 와요. 아무리 돌아다녀 봐도 우리 원장님만큼 실력 좋은 사람은 없을 테니까."

산부인과를 나오며, 란이는 대화 내내 생명이라는 단어가 한 번도 나오지 않았다는 생각을 했다. 그건 정말 이상한 일이었다.

택시에서 내렸던 곳으로 가자 클레어가 있었다.

"카페에 있는 거 아니었어?"

"긴장돼서."

클레어의 얼굴이 하얗게 질려 있었다. 묘한 흥분도 감지되었다. 클레어가 란이의 손을 꼭 잡았다. 택시가 오자 아까처럼 파수꾼이 앞에, 란이와 클레어가 뒷자리에 앉았다.

잘했어? 클레어가 입 모양으로 물었다. 어떻게 한 게 잘한 걸까. 몰라, 라고 란이도 입 모양으로 말했다.

"오빠, 녹음 파일 곧바로 보내 주세요."

파수꾼은 대답이 없었다.

"자나 봐."

란이는 앞좌석 중앙에 달린 거울을 봤다. 그때 실눈을 뜬 파수꾼과 눈이 마주쳤다. 왜 자는 척은 하고 그래. 란이는 파수꾼의 행동이 좀 부자연스럽다고 느꼈다. 파수꾼은 막 깼다는 듯이 잘 있어, 한마디만 남기고 중간에 내렸다. 란이는 고개만 까딱했다.

행운아파트 앞에서 택시가 섰다. 란이가 내리자, 클레어가 오른쪽으로 자리를 옮겼다. 창문을 내리고 란이에게 말했다.

"고마워. 돈은 내일 줄게."

란이는 온몸에 힘이 빠지는 느낌이었다. 돈 때문에 한 일이지만 클레어가 돈 이야기부터 하자 뭔가 섭섭했다.

란이는 집으로 가지 않고 청주분식으로 향했다.

점심시간이 막 지나서인지 손님이 한 명도 없었다. 청주댁은 의자에 앉아 물을 마시는 중이었다. 얼굴과 목덜미에 땀이 흐르고 있었다. 란이를 보고는 들어오라는 손짓을 했다.

"밥은 먹었어?"

란이가 고개를 젓자 아줌마 끙 소리를 내며 일어섰다.

"김밥 남은 거 있으니까 먹어. 새로는 못 싸 줘."

청주댁은 란이의 대답도 듣지 않은 채 김밥을 촘촘히 썰어 멸치 육수와 함께 내왔다. 뜨끈한 멸치 육수를 마시고 나니 몸에 열이 도는 것 같았다. 이어 식은 김밥을 먹기 시작했다. 그러고 보니 배가 고팠다. 허기라는 것도 생각 후에야 찾아오는 모양이었다.

"아직도 그래?"

"네?"

"니 아빠 말이야."

"네……."

"에휴. 어쩌다 그리됐는지. 참 건실했는데……."

란이는 젓가락을 내려놓았다.

"일은?"

"안 해요, 아무것도."

"아니, 너 말이야. 생각해 봤니?"

"안 그래도 그것 때문에 왔어요. 내일부터 할게요."

"내일은 태준이 면회 가는 날이야. 엄마 오는 날만 목 빠지게 기다릴 텐데 가 봐야지. 내일 모레부터 나와. 11시까지 나올 수 있지? 8시까지 하는 걸로 해서 하루 5만 원으로 쳐줄게."

"그렇게 많이요?"

"그래 봤자 최저 시급 겨우 넘는다. 맹추처럼 굴지 마. 5만 원 준다고 하면 6만 원 달라고 해야지, 많기는 뭐가 많아. 얼른 가 봐. 조금 쉬다 저녁 손님맞이 준비해야 돼."

"네."

란이가 분식집을 나오는데 청주댁이 다시 불렀다.

"란이야. 행복슈퍼 사람 한 명 구한다는데. 물건도 받아 주고 배달도 해 줄 사람. 내가 말 좀 해 줘?"

"아니에요. 안 할 거예요. 전 기대 안 해요."

란이는 청주분식을 나오며, 그게 그렇게 힘든 건가 생각했다. 남들처럼 아침에 출근해 저녁까지 일하는 것. 한 달에 한 번씩 월급을 가져오는 것. 그리고 월급날은 삼겹살도 좀 구워 먹는 것. 고등학교 올라가는 딸에게 스마트폰 한 대 사 주는 것. 그게 그렇게 어려운 일인지. 그렇다면 자식을 낳는 것, 그건 쉬웠는지 말이다.

아침부터 수많은 일들이 있었는데, 아직 해가 지지 않았다는 게 놀라웠다. 삶이란 얼마나 긴 것일까. 란이는 터벅터벅 집으로 걸어갔다. 오후 3시였다.

11

월미도는 무슨. 이렇게 생각하면서도 란이는 거울을 보며 치마 길이를 유심히 살폈다. 무릎에서 5센티미터 정도 올라간 길이였다. 사실 이 정도면 짧은 치마도 아니지만 교복 치마도 무릎 아래로 오게 입는 란이로서는 꽤 과감한 선택이었다.

시계를 보니 막 9시를 지나고 있었다.

조금 기다리게 할까. 아니면 바로 내려갈까. 짧은 고민 끝에 란이는 패딩을 입고 자리에서 일어섰다. 부엌으로 가 미리 준비해 놓은 유부초밥 도시락을 챙겼다. 일회용 도시락 통에 담아 나무 젓가락과 함께 작은 쇼핑백에 넣어 놓았다. 할머니와 남자가 먹을 유부초밥은 접시에 담아 랩으로 감아 놨다.

"할머니!"

불러도 대답이 없었다. 좀 더 큰 소리로 말할까 그냥 갈까 고민 하다가 그냥 현관문을 열고 집을 나섰다.

1층에 내려가니 민성이가 벌써 와 있었다. 또각또각 소리를 내며 걸어오는 란이를 보자 민성이가 활짝 웃었다. 와. 대충 이런 입 모양이었다. 란이는 일부러 무표정을 하고는 민성이를 지나쳤다.

"귀찮은데."

란이가 투덜거리자 민성이가 히죽 웃었다.

"나 놀이동산 한 번도 안 가 봤어."

"월미도가 무슨 놀이동산이라고. 에버랜드 정도는 돼야지."

"너 에버랜드 가 봤어?"

민성이가 눈을 동그랗게 뜨고 물었다.

"응."

란이가 고개를 끄덕였다. 열여섯 일생에 딱 한 번, 놀이동산에 가 본 적이 있다. 란이의 부모가 열심히 살다 보면 언젠가는 임대 아파트를 탈출할 수 있을 거라는 희망에 사로잡혀 있던 때였다. 희망이 있다는 게 희망이었던 시절이었다.

"엄청 크지? 되게 재밌지?"

"별거 아니던데. 난 그냥 그랬어."

란이가 심드렁하게 말하자 민성이가 실망한 눈치였다.

사실 아주 어릴 때라 란이도 잘 기억이 나지 않았다. 다만 어렴

풋하게 기억나는 몇몇 장면들이 있었다. 튤립꽃이 셀 수 없을 만큼 많이 있었던 것과 잔디밭 한가운데서 엄마, 아빠와 도시락을 먹던 장면이다. 연한 핑크색 플라스틱 통에 담긴 김밥이었다. 김밥은 어린 란이의 입에 넣기에는 좀 컸다. 란이가 김밥 하나를 낑낑대며 입에 쑤셔 넣자, 엄마와 아빠가 깔깔대며 웃었다.

행복이라는 추상적인 단어가 그렇게 증명된 시절이, 란이의 기억 속에 존재한다는 게 믿기지 않았다. 그러니 별거 아니라고 말할 수밖에.

민성이가 란이의 손에 들린 쇼핑백을 받아 자신의 백팩에 넣었다.

월미도는 생각보다 멀었다. 인천역에서 내리니 10시 반이 막 넘어갔다. 이곳에서 2번 버스를 타면 월미도 입구에 내려 준다고 했다.

버스 정류장에는 한겨울임에도 사람이 많았다. 대부분 란이 또래거나 꼬마 아이를 둔 젊은 부부였다. 시린 손을 호호 불면서도 굳이 놀러 가는 사람들이 신기했다. 란이는 자신도 놀러 나왔으면서, 놀러 나온 사람들이 부러웠다.

버스는 금방 왔다. 란이와 민성이는 나란히 앉았다. 민성이는 많이 들뜬 모습이었다.

"물어볼 게 있어."

민성이가 뭐, 라고 물었다.

"넌 왜 조선족 말투를 안 써?"

민성이는 긴장할 때 가끔 나오는 어색한 억양을 빼면 완벽한 서울말을 구사했다. 란이는 그게 항상 궁금했다.

민성이는 답이 없었다.

"말하기 싫으면 안 해도 돼."

란이는 사람이란 무릇 말하기 싫은 비밀 같은 걸 간직하고 사는 존재라고 생각했다. 그럼에도 섭섭함이 밀려오는 건 어쩔 수 없었다.

"아빠가 한국인이야. 조선족 아니라, 진짜 한국인. 아빠한테만 배웠으면 진짜 완벽했을 텐데. 어릴 땐 왕따당했어. 한국인처럼 말한다고. 근데 한국 오니까 조선족이라고 손가락질하더라."

민성이가 한숨을 쉬었다.

"아빠 말이야, 한국 가서 자리 잡으면 부른다더니 몇 년이 지나도 연락이 없어."

민성이가 머뭇거렸다.

"난 니가 부러워. 넌 할머니도 있고, 아빠도 있고, 집도 있잖아."

란이가 늘 부끄럽게 생각해 오던 것들이었다. 란이는 아니야, 라고 말하고 싶었다. 집도 우리 것이 아니고 할머니는 이제 죽을 날만 기다리고 있고 아빠는 있어도 없는 거나 마찬가지라고 말이다. 그러나 란이는 아무 말도 할 수 없었다. 부럽다고 말하는 민성이의 말이 진심이라는 걸 알기 때문이다.

어느새 월미도에 도착했다.

란이는 놀이기구보다는 그 옆으로 보이는 바다에 더 매혹되었다. 바다는 끝이 보이지 않았다.

바람이 훅 불어와 민성이의 모자가 날아갔다. 민성이는 허둥지둥 모자를 쫓았다. 란이는 크큭 웃었다.

"벌써 더러워졌어. 이거 큰맘 먹고 산 건데."

헌팅캡 스타일의 모자였다. 할아버지들이 쓰고 다니는 모자라고 생각했는데, 민성이에게도 꽤 잘 어울렸다. 민성이는 모자에 눌린 머리를 손으로 만지며 투덜거렸다. 모자를 손에 들고 산책을 시작했다. 등대까지 걸어갔다 와서, 놀이기구를 타기로 했다.

"나도 한 가지 물어봐도 돼?"

이번엔 민성이였다. 란이가 뭔데, 하고 물었다.

"너네 아버지 어디 아프셔? 별 뜻은 없고 집에만 계시는 것 같아서."

란이가 고개를 끄덕였다.

"역시 그렇구나."

"몸 말고 마음."

파도가 철썩거리는 소리가 들려왔다.

"내가 어릴 때였는데, 아빠가 출근을 안 하는 거야. 하루가 지나도 이틀이 지나도 사흘이 지나도. 할머니한테 왜 아빠는 출근 안 하냐고 물어보니까 할머니가 그리디라고. 무서워서 그런 거라고."

"무서워?"

"오 년 넘게 다니던 회사에서 하루아침에 해고가 됐대. 회사 사정이 어려워졌다나 뭐라나. 할머니가 그러는데 한순간에 직장을 잃는 건 엄청 무서운 일이래."

등대에 도착했다. 한쪽으로는 초고층 아파트가 보였고 한쪽으로는 망망대해가 보였다. 초고층의 아찔함과 대해의 아득함은 어쩐지 어울리지 않았다.

바람이 쌩쌩 불었다. 볼이 얼 것만 같았다. 그때 민성이가 란이의 손을 슬며시 잡았다. 란이는 순간적으로 손을 뺐다. 일부러 뺀 게 아니라 당황해서 나온 행동이었다. 민성이가 머리를 긁적였다. 그런 의도는 아닌데. 손잡는 게 싫었던 게 아닌데. 그러나 말할 수는 없었다. 어떻게 할까 하다가 이번에는 란이가 먼저 민성이의 손을 잡았다. 민성이가 하얀 치아를 드러내며 웃었다.

이상했다. 차가운 것끼리 만나면 더 차가워져야 하는데, 차가운 손끼리 만났는데 따뜻했다. 그 따뜻함이 목덜미를 간질였다. 란이가 코를 찡긋하며 웃었다.

"아하하, 너 웃을 때 엄청 귀엽다."

민성이가 장난스럽게 웃었다.

"까불래?"

농담처럼 받아쳤어도 란이는 조금 놀랐다. 민성이는 란이에게서 아름다움을 끌어냈다. 란이가 갖고 있는지도 몰랐던 아름다움을. 란이는 민성이 손과 맞닿은 자신의 손을 바라보며 생각했다.

다시 등대를 돌아 나와 놀이동산 안으로 들어갔다. 민성이가 타고 싶다던 디스코팡팡 앞에 섰다. 줄이 너무 길어서 이거 하나 타고 나면 점심을 먹어야 할 것 같았다. 꺅꺅거리는 소리가 들려 왔다. 디제이의 느끼한 멘트가 그 소리 사이로 떠다녔다. 어린애들은 풍선을 많이 들고 다녔다. 드르륵. 진동이 왔다. 란이는 주머니에 손을 넣어 휴대폰을 꺼냈다. 클레어의 전화였다.

"누구야?"

민성이가 물었다.

"친구."

안 그래도 오늘 저녁 늦게 보기로 했었다. 란이는 약속을 취소하려고 그러나 생각하다가, 클레어와 이제껏 문자만 했지 한 번도 통화를 해 본 적이 없다는 사실을 깨달았다. 불길한 느낌이 들었다. 란이는 통화 버튼을 눌렀다.

"여보세요?"

"왜 이렇게 전화를 늦게 받아!"

클레어가 빽 소리를 질렀다. 마치 쉿소리 같았다.

"무슨 일 있어?"

저쪽에서 이리 내, 하는 소리가 들렸다. 그리고 휴대폰이 땅바닥에 떨어지는 듯했다. 전화가 끊겼다 이내 다시 걸려 왔다. 란이가 전화를 받았다.

"당장 이리로 와."

클레어가 아니었다. 중저음의 아저씨 목소리, 클레어의 아빠인 것 같았다.

"두 번 말 안 한다. 당장 이리 와."

전화가 뚝 끊겼다.

란이가 멍해 있자 민성이가 툭 쳤다.

"왜 그래?"

그때 문자가 왔다.

—안 오면 가만 안 둔대. 206동 2103호야.

클레어였다. 다리에 힘이 풀려 란이가 주저앉았다. 앞에 서 있던 여자가 어머, 소리를 냈다. 민성이가 란이를 일으켜 벤치로 데려갔다. 다시 문자가 왔다.

—너 어디야?

한참을 멍하니 있다 란이가 문자를 보냈다.

—나 지금 인천이야. 두 시간 정도 걸릴 거야.

도대체 무슨 일이 있었던 것일까.

피할 수 있는 문제는 아닌 것 같았다. 란이가 일어섰다. 민성이가 따라 일어섰다. 우선 버스를 타고 다시 인천역까지 가야 했다. 버스를 기다리는 동안 민성이가 몇 번 이유를 물었다. 란이는 대답하지 않았다. 부끄러웠고 무서웠다.

인천역에 도착해 민성이에게 따로 가자고 했다. 민성이는 화가 난 것 같았다. 입을 꾹 닫고 아무 말도 하지 않았다. 그러더니 지하철역에서 나가 버렸다. 란이는 지하철 안으로 들어갔다. 지하철 공기는 텁텁했다. 이대로 있으면 숨이 막혀 죽을 것만 같았다.

들킨 게 확실했다. 어쩌다 들킨 것일까. 란이는 맨 끝자리에 앉아 지하철 봉에 머리를 박았다.

에버랜드였다.

왼손은 엄마, 오른손은 아빠 손을 잡고 있었다. 아빠와 엄마가 하나 둘 하더니 내 손을 번쩍 들어 올렸다. 몸이 공중에 붕 떴다. 하나 둘, 하나 둘. 오랫동안 그렇게 걸어갔다.

툭툭. 눈을 떠 보니 옆에 앉은 할아버지가 생수를 내밀었다. 머리가 무거웠다. 더워서 질식할 것 같았다. 란이는 그대로 받아 마셨다. 팔로 이마를 닦자 땀이 흥건했다. 밖을 확인해 보니 다음 역이 목적지였다.

역에서 내려 클레어의 집까지 갔다. 꿈에서 본 에버랜드만큼 넓고 화려한 엔캐슬. 동 입구에서 클레어의 집 호수를 누르자 삐하고 문이 열렸다. 21층에 내리니 클레어 집 현관문이 열려 있었다. 가사도우미로 보이는 아줌마가 나왔다.

"니가 란이니?"

아줌마가 등을 때리는 시늉을 했다.

"어쩌려고 그랬어. 응? 원장님 다 아셔."

아줌마가 안타까운 눈길로 란이를 데리고 들어갔다.

소파에 앉아 있는 남자의 뒷모습이 보였다. 이미 한바탕 풍랑이 지나간 뒤여서인지 침착해 보였다. 그때 클레어가 방에서 나왔다. 얼마나 오래 울었는지 눈이 통통 부어 있었다. 클레어의 아빠가 일어나서 천천히 다가왔다.

"얘는 잘못한 거 없어. 내가 하자고 해서······."

짝.

말이 끝나기도 전에 손바닥이 날아갔다. 클레이가 충격을 못 이겨 바닥으로 넘어졌다. 란이는 손으로 입을 틀어막았다. 안 그러면 소리를 지를 것만 같았다.

"입 다물라고 했지?"

그의 뒤로 보이는 텔레비전과 탁자 등의 뾰족한 모서리가 공격적으로 느껴졌다. 소름이 돋았다.

"멍청한 것들. 낙태 신고하면 포상금 준다고 누가 그러디? 그 자식이 겨우 그만한 푼돈이나 챙기자고 니들 장단 맞춰 준 줄 알아?"

그가 란이와 클레어를 향해 말했다. 입꼬리가 살짝 올라가 있었다.

"내가 쪽팔려서 이번에는 그냥 넘어가려고 해. 근데 한 번만 더 이따위 짓 하다 걸리면 체면이고 뭐고 없어. 알아서들 해."

그가 란이를 손가락으로 가리켰다.

"그리고 너, 내가 니 얼굴 똑똑히 기억하고 있다는 거 명심해라."

그가 란이를 뚫어지게 응시했다. 란이가 움찔하자, 어디서 저런 게, 라는 말을 하며 베란다로 나갔다. 그리고 담배를 한 대 입에 물었다.

란이는 다리에 힘이 풀려 그대로 주저앉아 버렸다.

"미안해."

클레어가 란이를 보고는 입술을 꽉 깨물었다. 피가 살짝 배어나왔다.

"죽고 싶어."

클레어가 말했다. 죽이고 싶다가 아니라 죽고 싶다고.

란이가 자리에서 일어났다. 얼른 이곳을 벗어나고 싶었다. 그런데 선뜻 발걸음이 떨어지지 않았다. 클레어를 이대로 두고 갔다가는 큰일이 날 것만 같았다. 란이는 베란다에서 담배를 피우고 있는 클레어의 아빠를 다시 한번 쳐다봤다. 그는 환자를 수술하는 손으로 집에서는 자식을 때린다. 그리고 입으로 매일 클레어를 죽이고 있었다.

"일어나."

란이가 클레어의 팔을 잡아끌었다.

"가자."

란이가 다시 한번 잡아끌자 클레어가 일어섰다. 란이는 클레어의 손을 잡고 현관문을 나섰다. 엘리베이터를 기다리는데, 1층에서 올라오지 않았다. 이번에는 클레어가 란이의 손을 잡고 계단으로 향했다. 란이는 계단을 내려가며, 이 계단을 통해 탈출하고 싶었던 사람이 자신뿐만이 아니었다는 걸 깨달았다.

1층 로비에 가사도우미 아줌마가 서 있었다. 아줌마의 손에는 클레어의 지갑과 휴대폰이 들려 있었다.

"왜 그런 짓을 해서는. 원장님 많이 화나셨으니까 밖에 좀 있다가 저녁때 들어와."

아줌마는 그대로 엘리베이터를 타고 올라갔다.

밖으로 나오자 바람이 시원했다.

"이제 어디 가지?"

클레어가 란이를 쳐다보며 말했다. 란이는 곰곰이 생각하다 클레어의 손을 잡고 걸었다. 란이에게 갈 데는 한 곳밖에 없었다.

1
2

지난번 민성이에 이어 이번엔 클레어를 데려가자 할머니와 남
자는 많이 놀란 눈치였다. 초등학교 때 민정이가 몇 번 온 것 외
에는 친구를 데려온 적이 없는데, 며칠 새 두 명을 데려오니 놀랄
만도 했다. 란이는 말없이 클레어를 데리고 방으로 들어가 이불
을 깔았다. 클레어는 거의 실신 상태였다. 이불을 머리까지 덮어
주고는 방을 나왔다.

"누구!"

할머니가 물었다.

"친! 구!"

할머니가 손바닥을 자기 이마에 댔다. 아프냐는 뜻이었다. 란
이는 고개를 끄덕였다.

할머니가 낡은 주전자에 물을 넣고 가스레인지에 올렸다. 불을 켜니 가스 냄새가 올라왔다. 물이 팔팔 끓자 컵에 설탕을 한 숟가락 떠 넣고는 물을 붓고 숟가락으로 휘휘 저어 란이에게 내밀었다.

설탕물을 가지고 들어가니 클레어는 잠들어 있었다. 식은땀을 계속 흘렸다. 꿈속에서 괴물이라도 만난 것일까. 란이가 클레어를 깨워 일으켰다. 란이는 클레어의 입 속에 설탕물을 흘려 넣어 줬다. 설탕물을 반 정도 마셨을 때쯤 클레어가 흑 소리를 냈다. 클레어의 눈에서 뜨거운 눈물이 흘러내렸다.

란이는 설탕물을 내려놓고 클레어를 안았다. 불덩이였다. 클레어가 소리를 내며 울기 시작했다. 아이처럼 울었다. 란이는 클레어의 등을 쓰다듬었다. 괜찮아, 괜찮아. 클레어는 눈물을 그칠 생각이 없다는 듯 계속해서 울었다. 란이는 속으로 말했다. 실컷 울라고. 울고 싶을 땐 우는 것밖에 방법이 없다는 걸 란이는 알고 있었다.

몸이 찌뿌듯했다. 클레어 옆에서 잠들었던 모양이다. 창밖을 보니 저녁 시간이 다 된 것 같았다. 일어서려다 엉덩이 부분이 찝찝해 손을 갖다 대니 축축했다.

한 달에 한 번씩 한다더니 꼭 한 달 만에 생리를 시작했다. 일어서서 이불을 살폈다. 군데군데 피가 묻어 있었다. 란이는 손가

락으로 핏자국을 문질렀다. 그런다고 지워질 리가 없었다. 생리
대와 속옷을 챙겨 화장실로 갔다.

속옷을 갈아입고 생리대를 했다. 그리고 거울을 봤다.

아주 조금, 솟아오른 가슴을 손으로 만져 보았다. 이대로 자라
어른이 되면 가슴이 봉긋하고 엉덩이가 볼록한 아가씨가 될 것
이다. 란이는 질끈 눈을 감았다 떴다.

거실에는 할머니, 남자, 클레어가 나란히 앉아 텔레비전을 보
고 있었다. 개그 프로그램이었다. 한 개그맨이 뜻 모를 소리를 지
르자 방청객이 웃었고, 이어 클레어가 웃었다. 웃음이 날까, 생각
하다가 자신도 모르게 따라 웃었다.

큰 주전자를 들어 컵에 물을 따랐다. 보릿물을 한 컵 마시고 나
니 갈증이 해소되는 것 같았다.

"나도 줘."

클레어였다. 물을 한 컵 따라 클레어에게 주니, 한 번도 쉬지
않고 다 비웠다.

배가 고팠다. 아침은 유부초밥을 싸느라 바빠 못 먹었고, 점심
은 클레어네 집에 가느라 못 먹었다. 긴장이 풀리자 뱃가죽이 등
가죽에 붙는 것 같았다. 가스레인지에 놓인 냄비 뚜껑을 여니 먹
다 남은 된장찌개가 있었다. 란이가 부엌에서 왔다 갔다 하자 할
머니가 다가왔다.

할머니는 약한 불로 된장찌개를 데우고, 프라이팬을 꺼내 기름

을 둘렀다. 하나, 둘, 셋, 넷. 달걀 프라이를 네 개 했다. 그걸로 저녁 준비는 끝이었다.

밥통에 밥은 넉넉했다. 할머니는 늘 10인용 밥통에 꽉 차게 밥을 했다. 누가 오지 않아도 마치 누가 올 것처럼 그렇게 밥을 했다. 란이는 밥을 푸고, 김치와 김을 꺼냈다. 할머니가 식탁에 된장찌개를 올려놓았다. 부르지 않아도 다들 식탁으로 모였다. 할머니는 프라이팬을 통째로 들고는 란이와 클레어, 남자의 밥 위에 달걀 프라이를 하나씩 올려 줬다.

클레어와 할머니, 남자는 마치 아는 사이처럼 자연스럽게 밥을 먹었다. 혹시 반찬 투정을 하면 어떡하지 했는데, 클레어는 된장찌개도 잘 먹었고, 김치도 잘 먹었다. 클레어는 밥 한 공기를 다 먹고는 란이를 쳐다봤다. 란이는 밥솥에서 밥을 수북하게 퍼 클레어 앞에 놓았다. 클레어는 그 밥도 남기지 않고 다 먹었다.

밥을 다 먹자 클레어가 설거지를 하겠다고 나섰다. 할머니는 말리지 않았다. 손님에게 설거지를 시키면 안 된다는 개념이 할머니에게는 없었다. 아니다. 할머니에겐 손님이라는 개념이 없었다. 집에 들어오면 다들 아는 사람인 거지 새삼스럽게 손님은 아닌 것이다.

란이는 방으로 들어왔다. 방바닥에 앉으니 민성이가 떠올랐다. 휴대폰을 열어 보았다. 아무런 연락이 없었다.

─미안해.

란이가 문자를 보냈다. 몇 분이 지나도록 답장이 없었다. 치, 쪼잔하기는. 란이는 일부러 전화기를 보이지 않는 곳에 치웠다.

책상으로 가 컴퓨터를 켰다.

인터넷을 여니, 어제와 똑같은 일들이 벌어지고 있었다. 이권을 주는 대가로 불법 정치자금을 받은 정치인 기사에는 정치인들은 다 도둑놈이니 총으로 쏴 죽여야 한다는 댓글이 달렸고, 유명 아이돌의 연애 기사에는 돈 벌더니 팬들을 호구로 본다는 댓글이 달렸다. 신인 탤런트가 주연을 꿰찼다는 기사에는 어김없이 걸레라는 댓글이 달렸고, 사회 저소득층에 대한 지원을 확대하겠다는 정부의 발표에는 그런 새끼들은 다 굶어 죽어야 한다는 댓글이 달렸다.

댓글만 보면 세상은 이미 망한 것만 같았다. 보지 말아야지 생각하지만, 내일이면 또다시 인터넷을 열고 기사를 클릭하고 있을 것이다. 어떤 면에서 이미 중독된 게 아닐까 생각했다. 남들을 욕하고 비난하는 데, 자신도 이미 중독된 게 아닐까 하고 말이다.

방문을 여는 소리가 들렸다. 클레어가 물 묻은 손을 옷에 쓱쓱 닦으며 들어왔다. 한숨 자고 일어나 밥까지 먹으니 마음이 좀 진정돼 보였다.

"편한 옷 없어?"

멀뚱히 쳐다보는 란이에게 클레어가 대수롭지 않게 말했다.

"나 이제 여기서 살려고."

"뭐?"

"당분간 집에 안 들어갈 거야."

란이가 말이 없자 클레어는 겸연쩍은 듯 덧붙였다.

"때려서 미안하다고 사과받을 때까지. 그때까지만."

"그래, 있고 싶으면 있어. 근데 니가 여기서 살 수 있을까?"

"살아 보면 알겠지."

담담한 어조였다.

클레어가 방바닥에 앉더니 스마트폰을 집어 들었다.

"대박."

"왜? 무슨 일이야?"

혹시 클레어 아빠가 협박 문자라도 보낸 것일까.

"장현이랑 조경희랑 사귄대."

"야!"

란이가 소리를 질렀다.

"놀랐잖아! 넌 지금 그게 눈에 들어오냐."

"지금 이것보다 중요한 게 어딨냐!"

클레어도 빽 소리를 질렀다. 란이는 갑자기 웃음이 나왔다. 클
레어도 푸핫, 하고 웃었다. 귀 어두운 할머니가 무슨 일 있나 방
문을 열어 볼 정도로 크게, 한참을 웃었다.

13

클레어는 분식집 일을 도와주겠다고 아침부터 난리였다. 란이
가 괜찮다고 몇 번이나 말해도 예전부터 아르바이트를 꼭 한번
해 보고 싶었다고 했다.

할머니는 갈빗집에서 완전히 잘린 모양이었다. 폐지라도 줍겠
다는데, 요즘 같은 날씨에 나갔다가는 폐지는커녕 매서운 바람
에 종잇장처럼 얇은 할머니가 날아가고 말 것이다.

앞으로 뭘 먹고 살지? 그러다 밥걱정하기에 열여섯은 너무 이
른 나이 아닐까, 생각했다. 그럼 뭘 생각하기에 적당한 나이지?
그러나 생각나는 게 없었다. 아르바이트나 가자.

클레어는 이미 현관문을 열고 빨리 나오라고 손짓하고 있었다.

"엄청 보채네."

란이가 신발을 신으며 투덜거리자 클레어가 입을 삐쭉댔다.

"꼼지락거리니까 그렇지."

클레어가 란이를 살짝 흘겨보고는 이내 헤헤거렸다. 도도하게 생겼다고 생각했었는데 자꾸 보니 강아지처럼 귀여운 얼굴이었다. 얼굴이란 실제 생김새보다 바라보는 사람의 마음에 달렸나 보다.

란이는 늘 자신이 못생겼다고 생각했다. 예쁘지 않은 게 아니라 못생겼다고. 얼굴도 좀 길쭉하고 치아도 삐뚤삐뚤하니까. 그래서 민성이가 귀엽다고 했을 때 그냥 하는 소리인 줄 알았다. 그러나 이제 알겠다. 그렇게 보일 수도 있다는 걸. 그나저나 민성이는 도대체 어떻게 지내고 있을까.

"얼른 와."

클레어가 천천히 걷는 란이를 끌어당겼다. 클레어는 아침부터 들떠 있었다. 아르바이트라는 게 꽤 재밌을 거라고 생각하는 것 같았다.

청주분식에 도착하니 청주댁은 이미 나와 김밥을 말고 있었다. 뽀글 파마가 반쯤 풀려 있었고, 눈은 그보다 더 풀려 있었다. 피곤한 모양이었다. 란이는 11시에 나오지만 아줌마는 새벽 6시에 나와 학생들이나 직장인들에게 아침 장사를 한다.

"누구?"

청주댁이 하품하는 입을 손으로 가리며 물었다.

“제 친군데요, 오늘 일 좀 도와준다고.”

“안녕하세요.”

클레어가 인사했다.

“나는 사람 더 못 써. 고작 구멍가게에서 무슨 알바생을 두 명씩이나.”

“전 돈 필요 없어요.”

청주댁이 황당한 눈으로 쳐다봤다.

“돈 필요 없는 사람이 어딨어. 억만장자도 주면 좋아하는 게 돈인데.”

“얘는 그냥 저 도와만 준다고. 돈 안 주셔도 돼요. 어차피 일도 잘 못 할 거예요.”

“야아.”

클레어가 란이의 팔을 툭 쳤다.

“그럼 그래라. 바닥 청소부터 해.”

청주댁이 말하고는 다시 김밥을 말기 시작했다. 손님이 몰리기 전에 충분히 말아 둬야 무리 없이 점심 장사를 할 수 있다.

란이가 대걸레를 빨아 와 클레어에게 내밀었다.

“이걸로 닦아.”

“알아, 나도 교실 청소 해 봤어.”

클레어가 란이에게서 대걸레를 뺏어 들었다. 란이는 의자를 정리해 주고는 주방으로 갔다. 주방에는 어젯밤 사람들이 먹고 난 그릇들이 쌓여 있었다.

란이는 뜨거운 물을 받아 그릇을 불린 후에 수세미에 세제를 양껏 묻힌 후 그릇을 닦기 시작했다. 란이는 분식집의 모든 일 중에 설거지를 가장 좋아했다. 거품을 바글바글 내 그릇을 닦고, 물로 헹궈 뽀득뽀득해지면 기분이 상쾌했다. 더러웠던 것이 깨끗해지는 과정은 단순했다. 세상일도 그러면 얼마나 좋을까. 설거지가 거의 끝나 갈 때쯤 청주댁이 은행에 좀 다녀오겠다고 했다.

설거지를 다 마치고 나가 보니 클레어는 아직도 바닥을 닦고 있었다. 이십 분 가까이 지났는데 넓지도 않은 가게 바닥을 다 못 닦은 것이나. 등을 구부리고 힘껏 미는 모습으로 봐서 농땡이를 부린 것 같지는 않았다.

"무슨 문제 있어?"

란이가 묻자 클레어가 고개를 들었다. 얼굴에는 땀이 송골송골 맺혀 있었다.

"문제? 아니."

"이십 분이 넘었어."

"그게 왜?"

클레어는 오히려 되물었다.

"아직도 닦냐는 뜻이야."

클레어가 아, 하더니 웃었다.

"때 낀 것처럼 끈적거리는 게 너무 많아서, 그거 다 지우고 있었어."

그러고 보니 클레어가 닦은 곳은 하나같이 반질반질했다. 란이가 본 것 중 가장 깨끗한 모습이었다.

"이렇게까지 할 필요 없어."

"그럼?"

"대충 먼지나 양념 떨어진 부분만 닦아 내면 돼."

"더럽잖아."

"누가 와서 그런 거 봐. 밥 먹고 돌아가기 바쁜데."

"누가 보냐니. 난 식당 더러우면 가기 싫던데."

철없는 소리 좀 하지 마, 라고 말하려다 란이는 클레어에게서 대걸레를 빼앗아 바닥을 닦았다.

"깨끗하면 좋지. 근데 여기가 무슨 레스토랑도 아니고 매번 어떻게 그렇게 청소해. 여긴 다들 잠깐 배 채우고 가는 데야."

"치, 알겠어."

클레어가 기죽은 목소리로 말했다.

"싱크대에 보면 행주 있거든. 그거 물에 헹궈서 테이블 좀 닦아 줘."

란이가 말하자 클레어가 대답도 않고 부엌으로 들어갔다. 란이는 조금 미안해졌다.

청주댁이 돌아오자마자 손님들이 들어오기 시작했다. 홀이 금세 꽉 찼다. 김밥을 말고 썰어 내는 건 란이가 맡고, 요리는 청주댁이, 서빙은 클레어가 맡았다. 클레어는 손님이 늘어나자 좀 정신없는 모양이었다.

"김치볶음밥이랑 돌솥비빔밥 왜 안 나와요?"

작업복을 입은 남자 두 명이 앉은 테이블이었다.

"아, 네, 조금만 기다려 주세요."

"언제까지 기다려요. 점심시간도 얼마 안 남았구먼! 에이, 짜증 나서 정말."

그때 청주댁이 홀과 연결된 조리대에 김치볶음밥과 돌솥비빔밥을 올려놓았다.

"여기 김치볶음밥이랑 돌솥비빔밥."

청주댁이 말하자 클레어가 조리대로 가 음식이 담긴 쟁반을 두 손으로 들었다. 꽤 무거워 보였다. 김밥을 그릇에 담던 란이는 괜히 조마조마해 클레어를 바라보았다. 클레어가 쟁반을 들고 남자 둘이 있는 테이블까지 갔다. 다행히 넘어지거나 하지는 않았다.

"김치볶음밥 시키신 분요."

"여기."

안경을 쓴 남자가 말했다. 그 남자 앞에 김치볶음밥을 놔 주고는 돌솥비빔밥을 들었다. 클레어는 아슬아슬해 보여도 나름 잘 하고 있었다. 란이가 다시 김밥을 마는데, 야, 하는 소리가 들렸다.

테이블 쪽을 보니 작업복을 입은 남자가 일어서 있었다. 클레어가 국물을 남자 바지에 쏟은 모양이었다. 란이는 위생장갑을 벗고는 얼른 달려갔다. 클레어가 몸을 움츠린 채 서 있었다.

란이는 순간 그때가 떠올랐다. 클레어의 아빠가 손을 들어 올리던 순간, 클레어가 너무도 자연스럽게 몸을 움츠리던 모습을. 당황하는 모습이 아니라 익숙한 듯 우선 몸부터 피하던 모습을 말이다.

"손님, 정말 죄송합니다. 제가 대신 사과 드릴게요. 오늘 처음 온 애라, 아직 서툴러서요. 세탁비는 물어 드릴게요."

청주댁이 나와 클레어를 대신해 사과했다.

"아니, 죄송하다고 하면 다야? 야, 너! 뭔 일을 이따위로 해?"

남자가 클레어에게 손가락질을 하며 고함쳤다. 청주댁이 란이에게 클레어를 데리고 나가 있으라고 눈짓했다. 란이는 클레어를 데리고 나갔다. 손님에게 사과하는 아줌마의 목소리가 바깥까지 들려왔다.

"괜찮아?"

란이가 클레어에게 물었다. 클레어가 숨을 몰아쉬었다.

"아줌마는 거스름돈 잘못 거슬러 줬다고 욕먹고, 술 취한 손님한테 뺨 맞은 적도 있대. 일하다 보면 별일 다 있어. 그러니까 너무 맘 쓰지 마."

"손이 미끄러워서."

"괜찮다니까."

담담하게 말했지만, 란이도 사실 클레어만큼 놀랐다.

"근처 카페에라도 가 있어. 나는 얼른 들어가 봐야 돼."

란이가 말하자 클레어가 고개를 끄덕였다. 란이는 다시 들어와 김밥을 말기 시작했다. 좀 전에 소란이 있었는지도 모를 정도로 손님들은 묵묵히 밥을 먹었다. 부엌에서는 지글지글 소리가 들려왔다. 일손이 하나 줄었는데 오히려 효율은 높아졌다.

아까 그 손님이 나갈 때 청주댁이 만 원을 챙겨 주는 게 보였다. 란이는 오늘 자신의 일당에서 빼 달라고 해야겠다고 생각했다.

점심 장사가 끝나고 클레어가 걱정돼 밖으로 나와 보니 보이지 않았다. 이럴까 봐 클레어한테 그냥 집에 있으라고 한 거였다. 밥 한번 제 손으로 차려 본 적 없는 애가 무슨 일을 하겠는가 싶었다.

란이가 안으로 들어가려는데 클레어가 골목에서 툭 튀어나왔다. 그리고 뭐라 말할 새도 없이 분식집으로 쏙 들어가 버렸다.

"아줌마, 아까 죄송했어요."

"괜찮니?"

"네."

클레어가 히죽 웃었다. 좀 전과 사뭇 다른 모습이었다.

"애 봐라, 뭘 잘했다고 웃어."

청주댁이 웃으면서 말했다. 클레어가 설거지를 하겠다며 주방으로 들어갔다. 클레어의 등 뒤로 그릇이나 깨지 말라는 청주댁의 잔소리가 들려왔다. 클레어가 다시 헤헤 웃었다.

8시가 조금 넘자 손님이 뜸해졌다. 청주댁이 된장찌개와 밑반찬을 내왔다. 란이가 밥을 펐다. 3시쯤 점심을 먹었지만 저녁 장사를 치르고 나니 허기가 몰려왔다.

밥공기를 내려놓기 무섭게 클레어가 밥을 먹기 시작했다. 정신없이 먹는 모습이 며칠은 굶은 사람 같았다.

"쯧쯧쯧. 걸신이 들렸나."

청주댁이었다. 클레어는 그러든지 말든지 열심히 숟가락으로 된장찌개와 밥을 왔다 갔다 했다. 반쯤 먹자 클레어가 고개를 들었다.

"살 것 같다."

"천천히 먹어. 누가 뺏어 먹냐."

란이가 말했다.

"이래서 아줌마가 밥맛이 꿀맛이라고 했나 봐."

"응?"

"우리 집 아줌마. 가끔 밥을 너무 맛있게 먹어서 내가 물어보면, 밥맛이 꿀맛이라고 했거든. 오늘 하루 종일 일해 보니까 그 말뜻을 알 것 같아."

"애 봐라, 누가 보면 너 혼자 일 다 한 줄 알겠다."

청주댁이 어이없다는 듯 말했다. 안 그래도 저녁에는 란이가 서빙까지 맡아서 했다. 클레어는 손님들이 먹고 간 테이블 치우기와 설거지밖에 하지 않았다.

"얼마나 힘들었는데요. 허리가 끊어질 것 같아요."

엄살 같지는 않았다. 한 번도 해 보지 않은 육체노동이었으니 힘들었을 것도 같다.

밥을 다 먹고 식당을 나오려는데 청주댁이 클레어를 불렀다. 그러고는 만 원을 꺼내 손에 쥐어 주었다.

"원래 2만 원은 주려고 했는데, 만 원은 세탁비라고 생각해."

"안 주셔도 돼요. 정말이에요."

클레어가 손을 빼며 말했다.

"이걸로 집에 들어가는 길에 청심환이라도 사 먹어. 안 그런 척해도 얼마나 놀랐겠어."

청주댁이 그렇게까지 말하자 클레어가 머쓱하게 돈을 주머니에 넣었다.

"내일 올게요."

란이가 인사를 하고 식당을 나왔다. 해가 쨍쨍할 때 식당에 들어갔는데, 깜깜해져서야 다시 나왔다. 아침 6시부터 밤 10시까지 일하는 청주댁이 새삼 대단해 보였다. 그러고 보면 할머니도, 옆집 아줌마도, 청주댁도 늘 열심히 일했다. 열심히 일해도 늘 그 자리였다. 아니, 열심히 일하기에 그나마 더 이상 나락으로 떨어지지 않는 건지도 몰랐다.

"이거 니가 가지고 있다가 내일 아줌마한테 다시 드려."

클레어가 돈을 란이 주머니에 넣으며 말했다.

"됐어. 이런 게 진짜 사람 마음 무시하는 거야."

란이가 말하자 클레어가 어쩔 수 없이 돈을 도로 넣었다.

"돈 버는 거 너무 힘들다."

클레어가 란이에게 팔짱을 끼며 말했다.

"그런 생각을 했어."

"뭔 생각?"

"돈이라는 게 사람을 구차하게 만드는 것 같다는 생각. 그래서 그렇게 돈돈거리나. 너 그거 알아?"

"뭘?"

"우리 오 원장도 어릴 때 판자촌 살았대. 엄마가 그러는데 너무 없이 살아서 돈에 더 집착하는 거래."

클레어가 말을 하다 갑자기 멈췄다.

"아, 그게……."

"괜찮아, 편하게 말해."

클레어가 나쁜 의도로 이런 말을 하는 거라는 생각은 들지 않았다.

"자기가 어렵게 자랐으면 어렵게 사는 사람들을 더 이해할 것 같은데, 오히려 나는 열심히 해서 성공했는데 너희들은 왜 노력하지 않느냐, 이러더라. 오 원장이 나한테 맨날 하는 말이 뭔지 알아? 노력하면 안 되는 게 없다. 없는 것들 자꾸 도와주면 버릇

나빠진다."

클레어가 란이를 쳐다보았다.

"상스럽지?"

란이는 어떻게 대답할지 몰라 아무 말도 하지 않았다.

"명품 옷에 고급 아파트에, 그게 다 뭐람. 마음은 시궁창인데.
난 말이야, 돈이 아무리 좋아도 마음을 시궁창으로 만들지는 않
을 거야. 내 부모처럼은 안 살 거야."

다짐이었다. 란이가 늘 그 남자처럼 살지 않겠다고 다짐하는
것처럼.

인젠가 어른이 되면 이 다짐을 기억이나 할까? 만약 기억한다
면, 지켜지지 않은 다짐으로 기억할까. 지켜진 다짐으로 기억할까.

"파수꾼 그 새끼도 마찬가지야. 파수꾼은 개뿔! 돈 몇 푼에
양심이나 팔고. 만나면 인생 그렇게 살지 말라고 말해 줄 거야."

클레어가 팔짱 낀 손에 더 힘을 줬다.

14

차창 밖 풍경을 바라보며 란이는 민성이를 떠올렸다. 도대체 뭘 하고 지내는 걸까.

민성이는 그날 이후 연락이 되지 않았다. 처음에는 삐져서 부러 연락을 안 하는 줄 알았는데, 그게 아닐 수도 있겠다는 생각이 들었다. 혹시 잡혔을까? 걱정은 됐지만, 그렇다고 달리 연락할 방법이 없었다.

집도, 친구도, 가족도 모르니까. 민성이는 유령이니까. 봤지만 봤다고 말할 수 없는 존재니까. 경찰에 신고는 더더욱 할 수 없으니까.

란이는 서글픈 마음이 들었다. 민성이와 자신이 같은 처지라고 생각했는데 그건 기만이었다. 자신은 민성이보다 훨씬 좋은 처지였다. 민성이 말대로 집도 있고 할머니도 있고, 대한민국 국적도 있으니까. 대한민국이 나가라고 하지는 않으니까.

"다 왔네. 내리자."

클레어가 가방을 챙겼다. 란이는 사우스페이스 로고가 달린 자신의 패딩을 입은 클레어의 뒷모습을 바라봤다.

1층까지 내려와 휴대폰과 지갑을 챙겨 줬던 도우미 아줌마 는 패딩만은 깜빡했는지 갖다 주지 않았다. 란이는 자신의 패딩 을 기꺼이 클레어에게 양보했다. 대신 란이는 정아 언니의 패딩 을 입었다.

란이가 하나 있는 패딩을 클레어에게 양보하고, 가을에나 입는 얇은 점퍼를 입고 다니는 걸 본 아줌마는 집으로 달려가더니 정 아 언니의 패딩을 가져왔다.

"귀찮아서 놔뒀더니 쓸데가 다 있네."

아줌마는 패딩을 건네면서 구두와 티셔츠도 같이 내밀었다.

"입으려면 입어라."

란이는 그제야 아줌마가 정아 언니의 물건을 하나도 버리지 않 았다는 걸 알았다.

"안 내릴 거야?"

클레어가 재촉했다. 몽클레어를 입지 않은 클레어는 그냥 오예 솔이었다. 친구들은 몽클레어를 입은 오예솔을 몽클레어와 동급 으로 생각했다. 돈은 사람의 본질을 가린다. 본연의 모습을 검은

색으로 덧칠해 아무 색도 아니게 만든다. 이제 클레어의 진짜 모습을 아주 조금은 알겠다고, 란이는 생각했다.

란이는 카드를 찍고 버스에서 서둘러 내렸다. 클레어는 조금이라도 빨리 가고 싶어 했다. 란이의 마음은 아직도 갈팡질팡했다. 꼭 이렇게까지 해야 하나, 라는 생각이 사라지지 않았다.

어제 아르바이트를 끝내고 집으로 오니 클레어가 란이에게 잡았어, 했다. 뭘? 했더니 파수꾼 말이야, 했다. 파수꾼이 사는 곳을 알아낸 것이다. 알고 보니 파수꾼에게 당한 사람이 한둘이 아니었다. 같이 나누기로 해 놓고 포상금을 혼자 먹거나, 짝퉁 가방을 명품으로 속여 팔기도 했다. 다들 이를 갈고 있었고 그중 한 명이 파수꾼이 사는 곳을 알아냈다.

클레어는 아빠에게 따귀를 맞고 집을 나온 날, 어떻게든 파수꾼을 잡아서 복수하겠다고 다짐했다고 한다. 억울한 건 못 참는다고 했다. 란이는 클레어가 참 일관성 있다고 생각했다. 자기 아빠를 신고한 것도 억울해서라고 했던 클레어가 아닌가.

파수꾼이 사는 집으로 걸어가며 란이는 클레어에게 물었다.

"아직 연락 없어?"

"누구?"

"엄마."

"연락은 무슨. 엄마는 내가 집 나간 것도 몰라. 홍콩으로 쇼핑 갔거든."

"니네 아빠가 말했겠지."

"어제 문자 왔었어. 며칠 더 있다 온다고, 학원 빠지지 말라고. 말 안 한 거야. 딸이 집을 나갔는데 어떻게 아내한테 말을 안 할 수 있니?"

클레어가 한숨을 크게 내쉬더니 덤덤한 목소리로 확신해, 라고 말했다.

"뭘?"

"아무래도 소시오패스 같아. 진짜 확신해."

"야, 아무리 그래도."

"니가 같이 지내봐. 그럼 알게 될 거야. 사람을 사람으로 안 봐. 그런 게 소시오패스 아냐? 월세 받는 빌딩처럼 투자 개념으로만 보는 거."

클레어가 란이를 똑바로 쳐다봤다.

"난 사람이야. 누가 뭐래도."

란이가 고개를 끄덕였다. 클레어는 사람이었다. 자신도, 민성이도. 산다는 건 어쩌면 자신이 사람이라는 걸 끊임없이 증명하는 일 아닐까 생각했다. 그러지 않으면 세상은 쉽게 잊었다. 사람이 사람이라는 걸 말이다.

"야, 이쯤인가 봐."

클레어가 손가락으로 가리켰다. 재개발을 앞둔 지역이었다. 이미 절반은 떠났고 절반은 남아 있는 그런 곳이었다. 란이가 이곳에 살았다면, 란이도 쫓겨났을 곳이었다. 란이는 할머니가 말해 준 난쟁이가 떠올랐다. 행복구 토원동에서 쫓겨난 난쟁이는 어디서 살고 있을까. 란이는 클레어를 따라 걸어갔다.

3층짜리 다세대주택이었다. 어둑했지만 불 켜진 집은 반지하 방과 3층밖에 없었다. 반지하 방이 파수꾼이 사는 곳이었다.

"그렇게 열심히 사기 쳐서 고작 이런 곳에 사냐."

클레어가 툴툴거렸다.

"그냥 가자."

란이는 어쩐지 들어가고 싶지 않았다.

"여기까지 와서? 절대 안 돼. 난 꼭 파수꾼 잡아서 사과받을 거야. 날 만만하게 본 거, 날 무시한 거 모두. 그리고 인생 그렇게 살지 말라고 말해 줄 거야."

클레어가 계단을 내려갔다. 똑똑. 현관문을 몇 번 두드렸다.

"누구요?"

한참 만에 소리가 들려왔다. 할머니 목소리였다.

"저, 동우 오빠 친구예요."

클레어가 대답했다. 문이 열렸다. 삐쩍 마른 할머니가 서 있었다. 란이의 할머니보다 더 나이가 들어 보였다.

"누구?"

못 들었는지 할머니가 다시 물었다.

"저 동우 오빠 아는 동생인데요, 혹시 동우 오빠 있어요?"

할머니가 미심쩍은 눈으로 둘을 쳐다봤다. 할머니 등 뒤로 낡은 세간들이 보였다. 바닥에는 쓰레기들이 굴러다녔고, 싱크대에는 설거짓거리가 쌓여 있었다. 무엇보다 냄새가 심했다. 시큼한 냄새, 오랫동안 아픈 사람에게서 나는 냄새였다.

환자가 있나, 생각할 때쯤 방문이 빠끔 열리더니 남자아이가 얼굴을 내밀었다. 다섯 살 정도로 보이는 애였다. 눈이 퀭했고, 팔에 링거 같은 걸 달고 있었다.

"동우 없다."

할머니가 입을 뗐다.

"정말 없어요?"

클레어가 못 믿겠다는 듯이 묻고는 집 안을 살폈다. 이미 한 발은 현관 안에 들이밀어 놓은 상태였다.

"없다."

할머니가 한 번 더 말했다.

"저기, 동우 형 있니?"

클레어가 할머니의 말을 무시하고 꼬마에게 물었다.

"형 아니에요."

꼬마가 말했다. 그러더니 방 안으로 쏙 들어가 버렸다.

"가자."

란이가 클레어의 소매를 잡아끌며 말했다.

"봐 봐. 안에 있는 것 같단 말이야."

그러더니 손가락으로 현관 바닥을 가리켰다.

"그때 신었던 운동화야."

란이가 내려다보니 현관에 정말 남자 운동화가 있었다. 할머니가 문을 닫으려고 했다.

"할머니, 정말 없어요?"

할머니가 클레어를 빤히 쳐다봤다. 몇 초가 흘렀다. 그러고는 말없이 문을 닫았다. 클레어는 닫힌 문을 오래도록 노려봤다.

아까와 반대 방향에서 버스를 기다렸다. 버스에는 승객이 단 한 명도 없었다. 란이와 클레어는 제일 뒷자리의 양 끝에 앉아 창밖만 바라보았다. 날이 추워서인지 걸어 다니는 사람들도 거의 보이지 않았다. 버스가 집에 도착할 때까지 란이와 클레어, 둘 다 아무 말도 하지 않았다.

버스에서 내려 걸어가는데 클레어가 툴툴거렸다. 란이는 클레어가 너무한다고 생각했다.

"그만 좀 해!"

"내가 뭘?"

"없다잖아. 없다는데 뭘 어떻게 해!"

"그런 거 아니야."

"그럼 왜 그러는데!"

란이가 신경질을 내자 클레어가 곧 울 것 같은 눈으로 란이를 쳐다봤다.

"나는, 나는 있잖아. 파수꾼을 만나면 똑바로 살라고 충고할 생각이었어. 그럴 자격이 있다고 생각했어. 뒤통수 맞았으니까……. 근데 말이야, 아까 문 닫기 전에 할머니가 나를 쳐다보는데, 그런 생각이 들었어."

클레어가 숨을 크게 들이마셨다 내쉬었다.

"내가 만약에 저런 환경이라면, 그러니까 다 쓰러져 가는 집에서 일을 할 수 없는 할머니와 보살펴 줘야 하는 어린애와 같이 산다면, 그래서 생계를 책임져야 한다면, 과연 내가 양심 팔지 않을 수 있을까, 하고 말이야."

클레이는 자책하고 있었던 것이다.

"그러니까 말이야, 내가 여태까지 양심을 지키고 살았다면 그건 내가 양심적이어서가 아니라 그럴 필요가 없었기 때문은 아니었을까? 1학년 때 반에 체육복을 훔친 애가 있었어. 나는 그 애가 너무 싫었어. 고작 만 얼마 하는 체육복 때문에 도둑질을 했으니까. 100만 원도 아니고 10만 원도 아니고 고작 1, 2만 원 때문에 그런 짓을 한다는 게 이해가 가지 않았어. 그런데 말이야, 나는 한 번도 그런 상황에 처해 보지 않았다는 생각이 아까 그 집을 나오면서 들었어."

클레어는 할머니의 눈빛에서 무엇을 본 것일까? 란이는 클레어의 눈을 들여다봤다. 그리고 생각했다. 한 사람을 알게 된다는 건 그 사람이 어떤 음식을 좋아하고, 어떤 음악을 좋아하고, 어떤 연예인을 좋아하는지를 알게 되는 게 아니라, 그 사람이 자신과 똑같이 상처받는 사람이라는 걸 깨닫게 되는 거라고.

란이는 클레어의 팔짱을 꼈다. 서로의 몸이 닿으니 조금 덜 추웠다.

15

콩이가 할머니 등에 업혀 있었다.

"자장자장 잘도 잔다 우리 아기 잘도 잔다."

음정, 박자 모두 엉망이지만 콩이는 세상 편하게 잠을 잤다. 아줌마는 다시 빌딩 청소를 나가기로 했다. 새벽 6시에 나가 저녁 8시에 돌아온다고 했다. 언니가 있을 때와 같은 스케줄이었다. 이제는 언니 대신 콩이가 있을 뿐이다.

아줌마가 일 나간 동안은 할머니가 콩이를 봐 주기로 했다. 얼마의 돈을 주기로 했다는데 정확한 액수는 모른다. 더 이상 세상 어느 곳에서도 받아 주지 않는 할머니를 콩이가 받아 줬다. 콩이는 할머니를 좋아했다. 귀가 어두운 할머니와 말을 할 줄 모르는 콩이는 잘 어울리는 한 쌍이었다.

란이는 방문 쪽을 힐끗 쳐다봤다. 클레어가 방에서 짐을 싸고 있다. 란이는 그럴 줄 알았다고 생각했다.

클레어의 아빠는 클레어에게 굳이 집으로 들어오라는 말을 하지 않았다. 카드를 정지시켰을 뿐이다. 이틀 전 생리를 시작한 클레어는 멀리 있는 백화점으로 향했다. 첫날 란이의 생리대를 쓰더니 놀란 표정으로 말했다.

"넌 이런 걸 어떻게 써? 엉덩이 안 짓물러?"

란이는 의아했다. 생리대를 하면 엉덩이가 짓무르는 게 당연한 거라고 생각했다. 란이가 생리대를 고르는 기준은 딱 하나, 가격이었다.

클레어는 유기농 천연 펄프 생리대에 유기농 우유에 유기농 과자까지 골라 계산대로 갔다. 카드를 내밀었는데 계산원이 정지된 카드라고 했다. 그럴 리가 없는데, 하면서 지갑을 열었는데 지폐는 한 장도 남아 있지 않았다.

급기야 오늘 아침엔 휴대폰조차 정지되었다. 클레어는 한참 동안 휴대폰을 바라봤다. 그리고 두 손을 들며 말했다.

"항복! 내가 졌어. 인정!"

그러더니 쓸쓸하게 웃었다.

"그래도 찾아올 줄 알았어. 딸이 집을 나갔는데, 그래도 한 번은 올 줄 알았어. 나도 참, 그렇게 당하고도……."

이 주일 만의 항복이었다. 그래도 오래 버텼다고 란이는 생각했다.

클레어가 얼마 안 되는 짐을 챙겨 들고 나와 할머니와 남자에게 인사했다.

"감사합니다! 공짜로 재워 주고 공짜로 먹여 주셔서! 그러면서 저한테 밥값 하라고 안 하셔서요!"

할머니가 고개를 끄덕였다.

클레어가 현관문을 나섰다. 란이도 따라나섰다.

"괜찮아."

"아니, 나 알바하러 가는 거야."

클레어가 풋 웃었다.

둘은 아파트 입구에서 헤어졌다. 클레어는 투덜거리며 걸어갔다. 발걸음조차 꼭 클레어 같았다. 란이는 클레어의 뒷모습에 대고 손을 흔들었다.

란이는 클레어와 반대편으로 걸어가면서, 클레어가 처음 이 아파트에 와서 왜 베란다마다 짐이 쌓여 있냐고 물었던 걸 떠올렸다. 란이는 그것 말고 너희 집과 다른 점이 또 하나 있다고 말해 주고 싶었다.

클레어가 사는 아파트는 보안이 세 단계였다. 삼중 장치를 마련해 놓고 아무도 침범하지 못하게 했다. 그러나 란이가 사는 아파트는 숭숭 뚫려 있었다. 개중에는 집 문도 잠그지 않은 채 생활하는 사람도 있었다. 도둑이 들어와 봤자 훔쳐 갈 게 없으니까.

그러나 더 중요한 사실이 있었다. 부자들은 혼자서도 살 수 있지만, 가난한 사람은 서로 돕지 않으면 살아갈 수 없다. 살기 위해 식탁 의자를 내어 주고, 숟가락을 쥐여 준다. 란이는 그게 참 슬펐고, 한편으로 다행이라고 생각했다.

청주분식에 거의 다다랐을 때쯤 누군가 란이를 불렀다. 돌아보니 민정이였다.

"서민정!"

"그래, 서민정이다. 오랜만! 근데 넌 얼굴이 좀 삭았다?"

민정이가 짓궂게 말하고는 히히 웃었다. 민정이는 소극적인 란이와 달리 거침없는 성격이었다. 언제 어디서나 제 할 말은 다 했고 누구의 눈치도 보지 않았다. 돈이 없어 준비물을 사지 못하면, 큰소리로 당당하게 돈이 없어 못 샀어요, 라고 말할 정도였다. 란이는 그런 민정이가 부럽기도 하면서 창피하기도 했었다. 같이 다니면 괜히 주목을 받게 되니까.

"치. 너는 뭐 안 그런 줄 알아?"

"이 언니는 사는 게 힘들어서 그렇다."

민정이가 한숨을 푹 내쉬며 말했다.

"어떻게 지내?"

란이가 묻자 민정이가 오른손에 들려 있던 메이크업 박스를 들어 올렸다.

"나 이거 해."

"학교는?"

"나 학교 안 다녀. 내가 고등학교 간다고 서울대를 가겠어, 아님 유학을 가겠어. 어차피 고등학교 가 봤자 3학년 되면 바로 취업할 텐데 뭘."

민정이가 담담하게 말했다. 그리고 덧붙였다.

"나 원래 이런 데 관심 많았잖아."

맞다. 민정이는 초등학교 때부터 문방구에서 파는 어린이용 화장품을 사서 얼굴에 바를 정도였다. 메이크업 아티스트가 되고 싶다고 했을 때는 그냥 하는 말인 줄 알았는데 진짜로 시작했을 줄은 몰랐다. 란이는 자기도 모르게 아, 하는 감탄사를 내뱉었다.

"너는?"

민정이가 물었다.

"너는 어디 고등학교 갈 건데?"

"난 낙원상고."

"가서 뭐 하게?"

란이가 어깨를 으쓱했다. 생각해 보지 않았다.

"그럴 거면 그냥 돈이나 벌어."

민정이가 쿨하게 말했다. 그러더니 휴대폰으로 시간을 확인했다.

"나 늦어서 가 봐야겠다. 언제 한번 밥이나 먹자."

"응. 나 요기 청주분식에서 알바해. 한번 놀러 와."

"진짜? 나 아침에 가끔 김밥 사러 가는데, 한 번도 못 봤네."

"난 11시부터 나오거든."

"그래? 그럼 내가 그 시간에 한번 갈게."

민정이가 말하고는 버스 정류장으로 뛰어갔다. 발걸음이 경쾌해 보였다.

청주댁은 김밥을 말고 있었다. 마는 손에 힘이 하나도 없었다.

"제가 할까요?"

"놔둬, 내가 할게."

"무슨 일 있어요?"

청주댁은 질문을 기다렸다는 듯이 말을 쏟아 냈다.

"태준이가 글쎄 이번에 특별사면에 포함이 안 됐단다. 회장님, 사장님, 별별 님들은 다 사면해 주는데 왜 우리 태준이만 안 해 주냐는 말이야. 응?"

특별사면 발표가 있은 줄 몰랐다. 태준이가 소년원에 들어간 지 삼 년째였다. 아직도 이 년이 더 남았다. 열다섯 살에 들어갔으니 나오면 스무 살이다.

"우리 태준이가 살인을 했어, 뭘 했어?"

살인을 한 건 아니지만 애를 때렸다. 나쁜 친구들과 어울리더니 한 애를 딱 죽기 직전까지 팼다. 다섯 명이 한 애를 때렸는데 그중 셋은 아무런 죗값을 치르지 않았다. 피해자가 합의를 해 줬기 때문이다. 합의금이 부족했던 태준이와 또 다른 한 명만 감옥에 들어갔다.

"불쌍한 우리 태준이. 어쩌다 나 같은 부모를 만나서는. 의사 부모, 판사 부모, 국회의원 부모 만났으면 지금쯤 학교에서 공부 잘 하고 있을 텐데. 없는 게 죄다."

맞은 애는 평생 목발을 짚고 다녀야 한다고 했다.

"애들이 싸우면서 크는 거지. 같이 자식 키우는 사람끼리 이럴 수 있니?"

청주댁은 노숙자가 들어오면 불쌍하다면서 공짜로 밥을 주는 사람이었다. 란이에게는 또 얼마나 잘해 줬는지, 지나가는 란이를 붙잡아 남는 반찬을 싸 주기도 했고 들어와 밥을 먹고 가라고 하기도 했다. 그런데 청주댁은 태준이 이야기만 나오면 이성을 잃었다.

"돈이 웬수다, 돈이. 뭐, 억? 아니, 1억이 어디 있니, 하루 벌어 하루 먹고 사는 사람이. 너도 우리 태준이가 그 정도로 잘못했다고 생각하니?"

란이는 쉽게 대답하지 못했다. 돈이 웬수라고 하기에는 태준이의 죄가 너무 컸다. 장난삼아 그렇게 때릴 수는 없는 거였다. 아줌마 말로는 직접 때린 게 아니라 뒤에서 조금 거들었을 뿐이라고 하는데, 그렇다 하더라도 잘못이 없다고 할 수 있을까.

"그래, 나도 안다. 잘못했지. 그래도 말이다. 태준이가 오 년씩이나 감방에 있어야 할 정도로 잘못한 건 아니다. 태준이는 딱 일년, 일 년이면 충분해."

청주댁은 판사 같았다. 저 확고함은 도대체 어디서 나오는 것일까.

"아줌마."

란이가 청주댁을 불렀다.

"태준이 오빠 낳은 거 후회하세요?"

"넌 무슨 말을 그렇게 하니?"

"그런 뜻 아니라, 궁금해서요. 우리 엄마는 날 낳은 거, 후회하지 않을까. 그런 생각 가끔 하거든요."

청주댁이 헛기침을 하며 목소리를 가다듬었다.

"합의금 못 마련해 준 거, 그게 미안한 거지. 나는 태준이 낳은 거 절대 후회 안 한다. 나는 태준이 없으면 못 산다. 우리 태준이 없으면."

"아줌마."

"또 왜."

"저는 애 낳기 싫어요."

청주댁이 눈을 동그랗게 떴다.

"너 혹시?"

"아니에요, 그런 거."

란이는 손사래를 쳤다.

"아이고 놀랐네. 애 떨어질 뻔했다. 커 봐라, 그게 니 뜻대로 되나."

아줌마가 피식 웃으며 말했다. 그리고 혼잣말처럼 말했다. 여자로 태어나 자식 낳아 키우는 게 얼마나 큰 기쁨인데 그걸 포기해. 란이가 이해할 수 없는 말이기도 했다.

손님들이 들어오기 시작했다. 또다시 점심시간이 시작되었다.

늦은 점심을 먹고 느긋하게 믹스 커피를 한잔 마시고 있는데, 주방에서 청주댁이 란이를 불렀다.

"맛 좀 한번 봐 봐라."

떡볶이였다. 달달하고 매콤했다. 란이가 먹음직스럽게 먹자 청주댁이 아예 냄비째 내밀었다. 란이는 앉아서 떡볶이를 먹었다.

"이건 어떻게 만들어요?"

"이거 영업 비밀이야. 공짜로는 못 알려 줘."

청주댁이 짓궂은 표정을 하며 말했다.

"미원 있지? 그거 듬뿍 넣으면 돼."

"에이, 아줌마!"

란이가 흘겨보자 아줌마가 허허 웃었다.

"고등학교 가서도 일 계속 할 테야?"

"시켜 주시면요."

"학교 끝나면 바로 여기로 와."

"감사합니다."

"요리하는 거 재밌어?"

란이가 고개를 끄덕였다.

"너는 손끝이 야무져서 잘할 거야."

청주댁이 물을 마시며 말했다.

"음식 장사는 돈만 보고는 못 해. 내가 한 요리, 남이 즐겁게 먹는 게 좋아야 하는 거지."

란이는 남은 설거지를 하며 나중에 이런 작은 분식집을 하나 해도 괜찮겠다는 생각이 들었다. 생에 지친 사람들이 들어와 란이가 지은 밥을 먹고 가는 것이다. 대단한 요리는 아닐지라도 모두들 허기진 배를 채우기에는 딱 적당한 식당. 란이는 학생들을 위한 메뉴로는 떡볶이를, 회사원을 위한 메뉴로는 오므라이스를, 일용직 노동자들을 위한 메뉴로는 고기가 잔뜩 든 국밥을 준비해야겠다고 생각했다.

청주댁이 반찬이 든 쇼핑백을 건넸다.

"나중에 집에 갈 때 잊지 말고 챙겨 가라."

"괜찮은데."

"괜찮긴 뭐가 괜찮아. 너 예뻐서 주는 거 아니야. 니 할머니 허리도 안 좋은데 반찬 만든다고 종종거릴 거 생각하니 맘 아파서 그래. 아빠는?"

란이가 고개를 저었다. 쯔쯔. 청주댁이 혀를 찼다.

"자식 생각을 해야지. 벌써 몇 년째야."

란이는 청주댁이 절대 그 남자를 이해하지 못할 거라고 생각했다.

집 앞에 도착했을 때 쭈그려 앉아 있는 형체가 보였다. 란이가 그 앞에 서자 형체가 사람의 모습을 하고 고개를 들었다. 민성이였다.

살아 있었구나. 하마터면 민성이를 껴안을 뻔했다. 란이는 간신히 정신을 붙들었다. 그리고 그대로 민성이를 지나쳐 엘리베이터로 다가갔다. 민성이의 발소리가 들렸다. 엘리베이터는 5층에서 멈춰 내려오지 않았다. 란이는 계단으로 향했다.

계단을 오르는 란이를 민성이가 계속 따라왔다.

란이가 휙 돌자 민성이와 정면으로 마주쳤다. 란이는 원망스러운 눈으로 민성이를 쏘아보았다. 한참이 흘렀다. 란이가 다시 올라가려고 하자 민성이가 입을 열었다.

"엄마가 추방됐어."

"뭐?"

란이가 놀라서 민성이를 돌아보았다.

"이제 정말 혼자야."

민성이가 깊은 한숨을 내쉬었다. 그러더니 창문을 향해 고개를 돌렸다.

"사실 나도 따라가고 싶었어. 근데 절대 안 된대. 여기서 돈 벌어야 된다고. 나는 돈 같은 거 필요 없어."

민성이가 란이를 올려다보며 말했다.

"……나는 엄마가 필요해."

민성이의 눈이 반짝이고 있었다. 한 번만 감았다 뜨면 눈물이 뚝 떨어질 것 같았다. 그때 계단의 센서 등이 꺼졌다.

몇 초가 지났을까.

서로의 심장 소리가 들려오기 시작했다. 란이의 귀가, 란이의 손이, 란이의 심장이 곤두섰다. 민성이가 란이의 어깨에 얼굴을 기댔다. 란이가 민성이의 얼굴을 손으로 감싸 들어 올렸다.

란이는 손끝으로 민성이의 얼굴을 쓰다듬었다. 눈은 작았지만, 눈썹은 아주 길었다. 코는 낮았지만, 반듯했다.

그리고 민성이의 입술이 란이의 입술에 포개졌다.

란이는 이제 민성이를 조금 더 알게 된 것 같다고 생각했다. 계단에 난 작은 창으로 달이 보였다. 시간이 흐르지 않을 것 같은 밤이었다.

16

"얼굴이 반쪽이 됐네그려."

란이네 집에서 텔레비전을 보던 아줌마가 민성이를 보고는 화들짝 놀랐다. 란이는 민성이를 집으로 데려왔다. 돌려보낼 수 없었다.

밝은 곳에서 민성이의 얼굴을 보니 눈이 붓고 얼룩덜룩했다. 완전한 고아가 됐구나. 란이는 민성이를 보며 생각했다. 이어 자신도 고아나 마찬가지라는 생각이, 그리고 클레어도 고아라는 생각이 들었다.

콩이가 울기 시작했다. 민성이의 얼굴을 보고 놀란 건지 배가 고픈 건지 모를 울음이었다. 아줌마는 콩이를 위아래로 흔들며 옳지옳지, 까꿍까꿍, 얼렀다. 콩이의 울음소리가 잠잠해졌다.

할머니는 늘 그렇듯 놀라지 않았다. 칠십 평생을 못 볼 꼴 다 보고 살았는데 이런 일에 놀랄 리가 없다는 듯이 아주 담담했다. 할머니는 부엌으로 가 낡은 주전자를 가스레인지 위에 올렸다. 곧 물이 끓는 소리가 들리자 컵에 설탕을 한 숟갈 넣고는 뜨거운 물을 따랐다. 할머니가 줄 수 있는 최선이었다. 민성이는 어미젖을 받아먹는 아기처럼 설탕물을 꿀꺽꿀꺽 마셨다.

보일러를 세게 돌린 후 민성이를 바닥에 앉히고 이불을 덮어 주었다. 민성이를 가운데 두고 란이와 할머니, 아줌마와 남자, 그리고 콩이까지 빙 둘러앉았다. 다들 민성이의 입만 보고 있었다. 자초지종이 궁금한 것이다. 하지만 지금 민성이는 좀 힘들어 보였다.

"우선 좀 잘래?"

란이가 말하자 민성이가 고개를 저었다. 그리고 입을 열었다.

"조암 버스 터미널에 갔었어요. 기자 아저씨가 거기로 오라고 했거든요. 거기서 만나서 화성 외국인보호소에 가자고요. 저는 엄마 면회를 갈 수가 없어요. 왜냐면 명부에 면회 온 사람의 인적사항을 써야 하는데 저는 쓸 수 없잖아요. 저는 공식적으로 여기 사는 사람이 아니니까요. 그런데 제가 애원했어요. 그 아저씨가 보호소에 있는 사람들 인터뷰를 하다가 저희 엄마를 만났나 봐요. 엄마가 저한테 편지를 전해 달라고 부탁해서 저한테 연락이 온 거였어요."

민성이가 꿀꺽, 침을 삼켰다.

"그 아저씨는 그것만 전해 주고 가려고 했는데 제가 너무 매달리니까 그럼 한번 가 보자고, 자기가 잘 둘러대서 들어가게 해 줘 보겠다고 했어요. 어떻게 어떻게 해서 면회실에 들어갔어요. 저는 엄마가 엄청 좋아할 줄 알았는데, 막 화를 내는 거예요. 들키면 어쩌려고 여기를 찾아왔냐고. 기자 아저씨한테도 막 화를 내고. 그런데 또 큰 소리를 내면 안 되니까 숨죽이며 울었어요. 제가 엄마 따라가고 싶다고 했어요. 나도 여기서 잡혀서 엄마 따라 중국 다시 가고 싶다고. 너무 무섭고 외롭다고. 엄마가, 막 화를 냈어요. 나약한 소리 하지 말라고, 그딴 소리 할 거면 다시는 오지 말라고요……"

민성이가 딸꾹질을 했다. 할머니가 민성이의 등을 손으로 쓸어내렸다.

"엄마가 꼭 다시 올 거니까 여기서 돈 벌며 기다리래요. 엄마가 어떻게 해서든 다시 온다고. 제가 엄마한테 물었어요. 도대체 돈이 왜 필요하냐고요. 중국에 있을 때나, 여기 있을 때나 못사는 건 마찬가지 아니냐고요. 엄마는 돈보다 중요한 건 없대요. 정말 그래요?"

민성이가 할머니를 보고 말했다. 분명 제대로 알아듣지 못했을 텐데 할머니는 고개를 가로저었다.

"엄마는 제가 아무것도 모른대요. 아무것도 모르는 건 엄마

예요. 제가 원하는 건 딱 하나예요. 가족끼리 같이 사는 거, 그거 하나요."

민성이의 눈에서 굵은 눈물방울이 뚝뚝 떨어졌다.

"그래, 니가 똑똑하다. 니가 똑똑해. 니네 엄마는 암것도 모른다."

아줌마가 말했다. 란이는 애써 눈물을 참았다.

"……어떻게 그러냐."

남자였다. 란이는 남자를 바라봤다. 같이 있어 주는 것밖에는 아무것도 해 준 게 없는 남자였다. 란이가 생각하기에 남자와 민성이 엄마의 차이점은 딱 하나였다. 남자는 미래를 생각하지 않았고, 민성이 엄마는 미래만을 생각했다. 둘의 공통점은 현재가 없다는 것이었다.

란이는 남자를 바라봤다. 남자는 고개를 숙이고 한 손으로 장판을 뜯으며 다시 한번 말했다.

"자식한테…… 어떻게 그러냐."

민성이는 아직도 감정을 주체하지 못하고 있었다. 할머니가 일어섰다. 그리고 이불을 펴기 시작했다. 아줌마가 자리에서 일어서며 말했다.

"돈이고 뭐고 다 필요 없다. 그저 가족끼리 등 비비고 사는 게 최고지."

란이는 아니라고 생각했다. 인생은 가족끼리 지지고 볶고 사는 게 아니라 어떻게든 돈을 만들어 내 그걸로 밥을 짓고 반찬을 만들어 먹고 사는 거라고. 그러다 정아 언니가 생각났고 클레어가 생각났다. 아줌마는 이제 돈이 있어도 정아 언니의 손을 잡을 수 없을 것이다. 클레어네 집은 돈이 많아도 같이 밥을 먹지 않는다.

이제껏 정답이라고 했던 한 세계가 저물고 오답이라고 생각했던 어떤 것이 실은 오답만이 아님을 깨달은 순간이었다. 정답과 오답에는 명확한 경계가 없고, 하나의 답을 갖기엔 인생이란 너무 길고 복잡했다.

거실 겸 안방에 민성이와 남자가 나란히 누웠다. 원래는 거실에서 할머니와 남자가 잠을 자고 나머지 한 방에서 란이가 생활했지만 오늘부터는 할머니와 둘이 방을 써야 할 것 같다. 아무도 민성이에게 이곳에 살라고 하지는 않았지만, 누구도 내쫓지는 않을 것이다.

란이는 자리에 누웠다. 할머니가 옆에 누웠다.

"할머니!"

란이가 할머니를 부르자 할머니가 고개를 끄덕였다.

"인생을! 다 안다고 생각했는데! 하나도 모르겠어요!"

할머니가 미소를 지었다. 마치 비밀을 알고 있는 사람의 미소 같았다. 란이는 잠이 들었다.

창밖으로 아이들이 보인다. 아이들이 손을 흔든다. 자세히 보

기 위해 창문을 연다. 찬 바람이 휙 들어온다. 바람결에 아이들의
웃음소리가 실려 온다.

"여긴 너무 추워. 거기는 괜찮아?"

소년이 말한다. 소름이 오소소 돋아나는 것만 같다.

"여기도 추워."

"모이자."

소년이 말한다. 아이들이 움직이기 시작한다. 아이들 사이에
있던 거대한 창문이 사라진다.

아이들이 한데 모여 모닥불을 피우기 시작한다. 장작이 활활
타오른다.

"왜 여기에 있어?"

누군가 묻는다.

"그러는 너는?"

"나는 고아야."

그가 대답하자 주위에서 웅성대기 시작한다. 나도, 나도.

"우린 다 고아야."

누군가 말한다.

"그럼 나도 고아야?"

"아마 그럴걸. 이제 어른은 존재하지 않거든."

누군가 대답한다. 어디선가 바람이 불어오기 시작한다.

"왜?"

이번에는 누구도 대답하지 않는다.

란이가 눈을 떴다. 생생한 꿈이었다. 무슨 뜻일까? 생각하다
다시 잠이 들었다. 이번엔 꿈을 꾸지 않았다.

숨이 막혀 잠을 깼다. 눈을 뜬 순간, 숨이 막힌 이유를 알 수 있었다. 할머니가 코 대신 입으로 숨을 쉬고 있었다.

란이는 입술에 손을 갖다 댔다. 어젯밤 그 순간의 감촉이 되살아나는 것 같았다. 란이는 민성이를 떠올릴 때면 강인한 남자가 아니라 아주 연약한 소년의 모습이 연상되었다. 그래서 좋았다.

란이가 뒤척이자 할머니가 잠결에 란이 쪽으로 돌아누웠다. 할머니는 란이의 머리를 쓰다듬기 시작했다. 손은 머리에서 뺨으로, 목덜미로 내려왔다. 란이는 울컥, 눈물이 날 것 같았다. 할머니의 손이 너무 거칠었다. 세상 온갖 것들의 뒤치다꺼리를 하느라 할머니의 손은 상처 입었다. 할머니 손이 지나간 자리마다 상처 꽃이 피었다.

할머니가 일어났다. 란이도 따라 일어나 방을 나갔다. 남자와 민성이는 벌써 일어나 있었다.

"잘 잤어?"

민성이가 란이를 보더니 말했다. 란이가 고개를 끄덕였다. 민성이는 구직 신문을 보고 있었다. 위험을 감수하고까지 불법체류자를 써 줄 만한 곳은 거의 없었다. 간혹 있으면 어김없이 위험한 일이거나 월급이 형편없었다.

란이는 화장실로 가 깨끗이 세수를 했다. 오늘은 클레어를 만나기로 한 날이었다.

고등학교 가기 전에 한번 보자, 했을 때는 빈말인 줄 알았다. 그런데 어젯밤 늦게 문자가 왔다. 너희 동네 커피숍에서 10시에 기다릴게. 란이는 슬며시 웃었다. 그제야 자신이 클레어의 연락을 기다리고 있었다는 걸 알았다.

커피숍에 도착하니 9시 반밖에 되지 않았다. 란이는 한참을 고민하다 제일 싼 아메리카노를 시켰다. 쓰지만 참다 보면 참을 수 있을 것 같았다. 아메리카노를 한 모금 마시고 창밖을 보니 빨간색 코트를 입고 걸어오는 클레어가 보였다. 얼마 전까지와는 전혀 다른 모습이었다. 키가 크고 늘씬해서 모델처럼 보였다. 클레어가 유리문을 열고 들어오며 환하게 웃었다.

클레어는 카운터로 가 음료를 주문해 들고 왔다.

"이제 아메리카노 아니면 못 마시겠어. 엄마가 옛날부터 살찐다고 라떼나 모카는 못 마시게 했거든. 처음엔 아메리카노가 너무 썼는데 계속 마시다 보니 다른 걸 못 마시겠더라고. 너무 달아서. 잘 지냈어?"

클레어가 물었다.

"맨날 똑같아. 너는?"

"잘 지낸다는 게 뭔지 모르겠어. 여전히 물건 취급 받으면서 그렇게 지내. 뭐, 돌아갈 때 각오한 거니까."

란이는 미소를 지었다.

"나 유학 가기로 했어."

란이가 클레어를 쳐다봤다. 생각지도 못한 일이었다.

"엄마가 아빠랑 도저히 못 살겠다고. 남들 이목 때문에 이혼은 못 하겠고 떨어져 살려나 봐. 이참에 공부 못하는 딸 유학도 시키고."

클레어가 피식 웃었다.

"우리 엄마, 아직도 나 가출했던 거 몰라. 이거 정말 문제 있는 거 아니니? 우리 엄마는 애를 낳지 말았어야 할 사람이야. 그냥 공주처럼 평생 혼자 살았어야 해. 엄마 자격시험 같은 게 있었으면 분명 떨어졌을 거야."

"엄마 자격시험?"

란이가 피식 웃었다.

"너는?"

"응?"

"너는 통과할 수 있을 것 같아?"

"자격 미달 엄마 밑에서 자랐는데 나도 똑같겠지."

클레어가 쓸쓸하게 웃었다.

"란아, 너는 좋은 엄마가 될 것 같아."

"왜?"

"몰라, 그냥, 그런 생각이 들어."

"나는 애 안 낳을 거야."

"왜?"

이번에는 클레어가 물었다.

"이유는 없어. 나는 엄마가 되고 싶지 않아. 너무 무서워."

"무섭다, 맞아, 무서운 일이지. 다들 그걸 모르는 것 같아."

란이는 창밖을 쳐다봤다. 바닥만 보며 빠르게 걷는 여자, 큰 가방을 들고 신나게 떠들며 가는 남자 둘, 씩씩거리며 엄마 손에 끌려가는 꼬마가 보였다. 다양한 빛깔의 모습이었다.

"이런 말 하면 니가 어떻게 생각할지 모르겠는데, 니네 집은 감옥 같지는 않았어. 정말이야."

"결국 돌아갔잖아."

란이의 말에 핀잔이 묻어났다.

"나도 곰곰이 생각해 봤는데, 나는 돈 없이는 살 수가 없는 인간이 된 것 같아. 너무 많은 걸 누리고 살아서⋯⋯. 몰랐으면 몰랐지 이제는 포기할 수 없을 것 같아. 그들에게서 벗어나고 싶었는데, 실은 그들이 원하는 그대로 된 거지. 그래도 내 결심은 지킬 거야."

"무슨 결심?"

"내 마음을 시궁창으로 만들지 않겠다는 결심!"

클레어는 씁쓸하게 웃었다. 그러고는 쇼핑백을 탁자 위에 올렸다. 몽클레어 로고가 박힌 쇼핑백이었다. 안에는 패딩이 들어 있었다.

"이거 받아."

란이는 당황했다. 자신이 베풀었던 아주 작은 호의가 이런 식으로 되돌아올 줄은 몰랐다.

"이게 뭐야?"

"내가 니 패딩 입고 갔잖아. 엄마가 모르고 버린 거야. 똑같은 걸 구할 수가 있어야지."

클레어가 빠르게 말했다.

"그래, 알았어. 그래도 이건 못 받아."

란이가 일어섰다. 클레어도 따라 일어섰다. 답답했는데, 밖으로 나오자 바람이 시원했다. 클레어가 다시 한번 쇼핑백을 내밀었다.

"이거 내가 가장 아끼는 옷이야. ……그래서 너한테 주고 싶어."

179

란이는 화를 내려고 돌아보았다가 클레어의 눈빛을 보았다.

클레어도 오랜 생각 끝에 이 쇼핑백을 내밀었으리라는 생각이 들었다. 란이가 손을 내밀었다. 클레어가 활짝 웃었다.

다섯 발짝 정도 갔을까. 클레어가 란이를 불렀다.

"내가 그 말 했나?"

"뭐?"

"파수꾼한테 연락 왔었어."

"뭐라고?"

"자기 정말 파수꾼 맞대."

"뭐?"

"자기 아들한테는, 자기가 파수꾼이래."

클레어가 피식 웃었다.

"정말 갈게, 안녕!"

클레어의 걸음이 당찼다. 이전 같았으면 쟤는 정말 당당한 아이구나, 생각했겠지만 함께 보낸 시간이 있어서인지 지금은 아니었다. 저렇게 당당한 척해도 마음속에는 한없이 여린 아이가 살고 있다는 걸 안다. 나중에 커서 만나게 된다면, 그 여린 아이 또한 자라 있기를 란이는 바랐다.

김밥을 계속 말다 보니 요령이 생겼다. 무작정 힘을 주는 게 아니라 처음 김밥을 마는 순간에 힘을 줘야 한다. 김의 끝부분을 잡는 게 아니라 1센티 정도 앞에서부터 말아 줘야 한다. 그래야 잘 말린다. 이제는 손님이 갑자기 들이닥쳐도 청주댁이 없어도 당황하지 않고 김밥을 말게 되었다. 고작 김밥을 마는 일이라도, 잘하는 일이 생겼다는 게 기분 좋았다.

"아줌마."

란이가 주방에서 재료를 다듬고 있는 청주댁을 불렀다.

"왜? 계란 다 떨어졌니?"

"아니요. 그게 아니라."

"뭔데?"

란이가 용기를 내 입을 열었다.

"돈 많이 버세요?"

아줌마가 싱거운 소리라는 듯 웃었다.

"무슨 말이야?"

"그냥 궁금해서요. 할머니는 하루 종일 일해도, 100만 원도 못 벌었거든요. 옆집 아줌마는 겨우 100만 원 조금 넘게 벌고……."

"난, 먹고살 만큼은 번다."

청주댁이 당당하게 말했다.

"청주분식이 나한테는 보배지. 우리 친정집 경매 넘어가는 거 막아 줬지, 그이 그렇게 황망히 보내고도 남한테 손 한번 안 벌리고 애 키웠지. 네 할머니도 그래. 네 아빠 이만큼 키워 내고, 너 학교 보내고."

그렇게 말하는 청주댁의 눈이 빛났다. 란이는 순간 가슴 한구석이 찌릿했다. 자신이 단단한 착각을 하고 있었다는 걸 이제야 깨달았다.

란이의 눈에 할머니나, 옆집 아줌마나, 청주댁은 불쌍한 사람이었다. 먹고살기 위해 찬 바람을 맞으며 하루 종일 갈비 찌꺼기를 닦아 내고, 빌딩 청소를 하고, 김밥을 싸는 모습이. 그러나 이제 알았다. 먹고살기 위해 하루하루 자신에게 주어진 일을 열심히 해내는 것만큼 대단한 일은 없다는 걸. 그들은 불쌍한 사람들이 아니라 열심히 사는 사람들이었다. 그리고 누구에게도 열심히 사는 사람을 불쌍하게 여길 자격 같은 건 없다.

란이는 청주댁에게 인사를 하고 분식집을 나왔다. 바람이 매서웠다. 란이는 손에 들린 쇼핑백을 바라봤다. 그리고 입고 있던 정아 언니의 패딩을 벗고 클레어의 옷을 입었다.

따뜻했다.

주머니에 손을 넣었다. 무엇인가 만져졌다. 꺼내 보니 흰 봉투였다. 봉투는 꽤 두꺼웠다. 열어 보니 만 원짜리와 천 원짜리가 섞여 있었다. 언뜻 봐도 꽤 많은 돈이었다. 봉투 속에 작은 쪽지가 눈에 띄었다.

내가 주기로 했던 돈.

꼭 써야 할 데가 있다고 했잖아.

거기에 썼으면 좋겠어.

그리고 밥 맛있었어.

역시 밥은 같이 먹어야 맛있나 봐.

언젠가 또, 같이 밥 먹자.

란이는 애초에 자신이 이 돈을 어디에 쓰려고 했었는지를 떠올렸다. 한동안 가슴에 칼처럼 품고 있던 일을 까마득히 잊고 있었다는 게 신기했다.

란이는 쪽지를 주머니 속에 넣고 집으로 향했다.

할머니는 부엌에서 된장찌개를 끓이고 있었다. 보글보글 소리가 거실까지 들려왔다. 밥이 다 되니, 모두 부엌으로 모였다. 밥을 한술 뜨려는 찰나, 현관문이 열렸다. 왜 안 오나 했다. 아줌마였다.

"밥 좀 남은 거 있니?"

란이는 베란다로 가 나무 의자를 꺼내 왔다. 의자를 식탁에 놓는데, 아줌마에게 안긴 콩이가 입을 동그랗게 말더니 어마, 했다. 잘못 들은 거겠지, 생각하고 고개를 돌리는데 또다시 어마, 했다.

"아, 아줌마!"

"유난 떨 거 없어. 며칠 전부터 그런다. 할미부터 할 줄 알았는데, 엄마 소리는 또 어디서 들었는지."

아줌마가 의자에 앉으며 말했다.

"할매! 할매가 가르쳤어요? 엄마라고?"

할머니가 고개를 가로저었다. 아줌마가 한숨을 내쉬었다.

"말만 하면 뭐하냐고. 여태 걷지를 못하는데. 에미 없는 거 티내는 것도 아니고."

아줌마가 속상한 듯 말했다. 란이가 콩이의 머리를 쓰다듬자 콩이가 웃었다.

방긋방긋. 콩이는 마주치는 모든 생명에게 방긋 인사를 했다. 안녕, 우리 처음이지? 하는 표정 같았다. 아니 가끔은 생명체가 아닌 사물에게도 인사를 했다. 냉장고에게도, 텔레비전에게도, 탁자에게도 말이다. 란이는 자신에게도 그런 시절이 있었는지, 그래서 엄마 아빠를 기쁘게 한 적이 있었는지 생각했다.

탁.

아줌마가 마지막 남은 계란말이를 먹기 위해 손을 뻗는데 민성이가 젓가락으로 계란말이를 쏙 빼 란이의 밥 위에 놓아 주었다. 아줌마가 젓가락을 든 채 황당하다는 듯이 민성이를 쳐다봤다. 란이는 부끄러웠지만 모른 척 계란말이를 먹었다. 화를 낼 줄 알았던 아줌마가 핏 하고 웃었다. 아줌마가 웃자 등에 업힌 콩이도 웃고, 콩이가 웃자 남자도 따라 웃었다. 남자가 웃는 걸 보고 할머니도 흐뭇한 표정으로 웃었다. 그러자 란이는 괜히 기분이 좋아져 웃고, 그런 란이를 보고 민성이가 활짝 웃었다.

누가 이 장면을 본다면 가족이라고 오해할 수도 있을 것만 같다. 홀어머니를 모시고 사는 성실한 부부, 키는 작지만 속 깊은 장남에 늘 뾰로통해 있지만 애교 많은 둘째, 그리고 부부의 식지 않은 애정의 증거인 막내까지. 정말 완벽하다.

그러나 현실은 동화가 아니다.

현실은 자살한 딸을 대신해 빌딩 청소를 하며 손자를 키우는 아줌마, 엄마와 생이별하고 유령처럼 사는 민성이, 다 큰 자식 뒷바라지하느라 몸 성한 곳이 없는 할머니, 나이 마흔에 집에서 텔레비전만 보는 남자, 고작 열여섯에 벌써 삶에 지친 란이가 시어터진 김치와 묵은쌀로 하루하루를 연명하는 것이다. 미화될 수 없는 삶의 진실이었다.

란이는 지금쯤 미국행 비행기에 몸을 싣고 있을 클레어를 떠올렸다. 클레어가 진심으로 행복했으면 좋겠다고 생각했다. 사람이니까. 사람이라면 누구나 행복할 자격이 있다. 긴긴 겨울을 통과하면서 얻은 깨달음이 있다면 바로 이것이다.

입 안에 남아 있는 계란을 천천히 씹는데 아랫배가 뭉치는 느낌이 들었다. 그러고 보니 또 한 달이 지났다. 꼬박꼬박 돌아오는 공과금처럼 생리도 그냥 지나가는 법이 없었다. 란이는 젓가락을 탁 내려놓았다. 모두들 란이를 쳐다봤다.

"배가 아파서, 잠깐만."

란이는 자리에서 일어나서 화장실로 갔다. 바지를 벗고 팬티를 내렸다. 붉은 피가 어지럽게 묻어 있다. 희미하게 피비린내가 난다. 앞으로 이 냄새를 수십 년이나 맡아야 한다.

"응앵, 응앵."

수건에 손을 닦고 나오는데 콩이가 옹알이를 하는 소리가 들렸다.

"콩이야, 뭐라고?"

콩이가 다시 무엇인가를 말하기 위해 애를 썼다. 무슨 말이 그렇게 하고 싶어? 란이가 속으로 물었다. 콩이는 배시시 웃기만 했다.

18

"얼른 나와!"

현관에서 민성이가 기다리고 있었다. 란이는 거울 속의 자신의 모습을 바라봤다. 그사이에 키도 좀 큰 것 같고, 가슴도 나오고, 엉덩이도 나왔다. 무엇보다 볼이 쎌쭉해져 누가 봐도 중학생은 아닌 모습이 되었다.

란이가 구두를 신자 콩이를 업은 할머니가 현관으로 다가왔다.

"안녕, 언니 학교 다녀올 동안 잘 있어."

콩이가 뭐라뭐라 또 알 수 없는 말을 했다. 잘 갔다 오라는 소리지? 란이가 물었더니 콩이가 응, 했다. 남자가 슬며시 란이를 쳐다봤다. 란이가 고개를 꾸벅 숙였다.

란이와 민성이는 버스 정류장으로 걸어갔다. 둘 다 말이 없었다. 오늘은 민성이가 타는 버스가 먼저 왔다. 민성이가 자리에 앉아 손을 흔들었다.

란이는 상업고등학교로, 민성이는 안산에 있는 가구 공장으로 간다. 민성이는 처음 얼마 동안은 도저히 못 하겠다고 하더니 시간이 조금 지나자 적응한 모양이었다. 엄마가 다시 한국에 올 때까지 돈을 모아 월세방이라도 얻을 거라고 했다.

란이가 타는 버스가 왔다. 란이는 버스에 타며 생각했다.

난 커서 뭐가 될까. 머릿속에 뚜렷이 그려지는 게 없었다. 뭐가 되든 무책임한 어른은 되고 싶지 않았다. 인생에서 그것 하나만 지켜도 좋을 것 같았다.

오늘은 입학식 날이다. 란이는 배정받은 반으로 들어갔다. 몇몇 애들은 같은 중학교를 나왔는지 친해 보였고, 몇몇은 무신경하게 스마트폰을 보고 있었고, 또 몇몇은 멀뚱멀뚱 주변을 바라보고 있었다.

익숙한 풍경이었다.

고등학교에서도 중학교 때와 비슷한 교복을 입고 비슷한 교실에서 비슷한 시간을 보낼 것이다. 문득 지겹다는 생각이 들었다. 창문 사이로 바람에 펄럭거리는 '입학을 축하합니다'라는 플래카드가 보였다.

입학식을 마치고 집으로 돌아오니, 할머니가 거실에 누워 있었다. 한시도 손과 발을 가만히 두지 못해, 관에 들어가서나 쉬려나 보다, 라는 말까지 듣던 할머니였다. 그런데 요즘에는 시간만 나면 드러눕는다.

란이는 할머니가 편하게 쉬었으면 좋겠다고 생각했지만 막상 누워 있는 모습을 보니 마음이 아렸다.

남자는 그 옆에서 콩이를 봐 주고 있었다. 콩이를 향해 미소 짓는 남자를 보며, 란이는 저 미소가 한때는 자신을 향했었다는 걸 떠올렸다.

남자는 생각보다 콩이를 잘 봤다. 콩이를 볼 때면 표정이 풍부해졌고, 그럴 때면 그가 감정이 있는 사람 같아 좋았다. 언젠가 그에게서 다시 기름 냄새를 맡을 수 있을까? 그럴 수 있다면 얼마나 좋을까, 하고 란이는 생각했다.

"어어어!"

란이가 물을 마시고 방으로 들어가는데, 남자가 감탄사를 내뱉었다. 란이가 돌아보니 콩이가 아무것도 잡지 않은 채 홀로 서 있었다. 그러더니 오른쪽 발을 앞으로 내밀었다. 이내 허공에 있던 발이 바닥에 닿았다. 콩이는 이어서 왼쪽 발을 앞으로 내딛었다.

걷기에 성공한 것이다.

란이의 눈에 눈물이 핑 돌았다. 한 아이가 태어나 두 발로 걷는다는 게 이렇게 경이로운 일인 줄 미처 몰랐다. 마치 최초로 달에

착륙한 사람을 보는 기분이었다.

란이는 아줌마에게 전화를 걸었다. 아줌마가 전화를 받자마자 소리쳤다.

"아줌마, 아름이가 걸어요!"

대답이 없었다. 한참이 지나고서 변기 물 내리는 소리와 함께 아줌마의 통곡 소리가 들렸다.

"아이고, 미친년. 살아서 이걸 봤어야 하는데……. 억울해서 어째……."

아줌마는 한참이나 서럽게 울었다.

란이가 전화를 끊고 콩이를 보자 어느새 바닥에 철푸덕 앉아 천진하게 웃고 있었다. 자신이 지금 얼마나 대단한 일을 했는지 모르는 것 같았다.

콩이는 최선을 다해 자라고 있었다. 조금 느릴지라도, 그게 콩이에게는 알맞은 속도일 것이다.

란이는 콩이 뒤에 누워 있는 할머니를 바라봤다. 이제 막 걷기 시작한 콩이와 다리가 아파 걷는 게 힘든 할머니가 한 공간 안에 있었다. 그러다 깨달았다. 탄생과 죽음이 대척점에 놓인 게 아니라 자연스럽게 연결된 것이란 걸. 그러니 할머니의 늙어 가는 모습을 마냥 슬퍼할 필요는 없다고. 란이는 할머니에게 다가가 이불을 덮어 줬다. 그리고 창밖을 봤다.

바싹 말라 마치 죽은 것만 같던 나뭇가지에 점점이 이파리가 돌고 있었다. 겨울이 지나고 봄이 오는 것은 자연의 순리다. 그럼 힘들었던 한 시기가 지나면 훌쩍 성장해 있는 것도 인생의 순리일 것이다. 란이는 콩이와 할머니, 남자를 바라봤다.

삶은, 이렇게 계속될 것이다.

  나는 군에서 태어나 고등학교 진학을 위해 중소도시로 나왔
고, 이후 대학교를 마치고 취업을 위해 서울로 올라왔다. 내가 사
는 거리는 점점 화려해졌지만, 나 개인은 점점 가난해졌다. 군에
살 때는 내가 잘사는 편이라고 생각했다. 아니, 사실은 그런 개
념조차 없었다. 억척스러운 엄마 밑에서 자랐지만 돈이 없어 먹
을 것 못 먹고, 사고 싶은 걸 못 사지는 않았으니 내가 가난하다
는 생각을 한 번도 하지 않았다. 친구들도 다 나 같았다. 그러다
도시로 나왔을 때, 비싼 옷에 비싼 가방, 비싼 식당을 아무런 망
설임 없이 즐기는 친구들을 보며 내가 잘사는 편이 아니라, 잘사
는 사람들이 사는 공간에 한 번도 가 본 적이 없는 사람이었다
는 걸 깨달았다.

드라마에 대기업 회장 댁으로 나올 법한 고급 주택들과 낙후된 빌라들이 보이지 않는 선으로 나뉜 곳에 살면서 돈에 대해 생각하지 않을 수 없었다. 누구에게나 기회가 열려 있는 것처럼 착각하게 만드는 자본주의라는 거대한 사회 시스템과 그 속에서 부대끼며 사는 다양한 사람들에 대한 생각이 머릿속에서 떠나지 않았다. 나는 내가 본 그것들을 정직하게 쓰고 싶었다.

소설의 내용과는 상관없이 소설을 쓰는 내내 들떠 있었다. 아침에 느지막이 일어나 간단히 요기를 하고 도서관에 갔다 와 1시쯤 책상에 앉아 5시까지 쉬지 않고 글을 썼다. 5시에는 저녁 준비를 해야 했기에 어떤 일이 있어도 의자에서 일어서야 했다. 그 압박감, 이 재미있는 걸 5시까지밖에 하지 못한다는 아쉬움이 나를 더 들뜨게 했었던 것 같다.

졸작을 끝까지 읽어 주신 독자들께 감사의 인사를 전한다. 청소년소설인 만큼 혼란스러운 한 시기를 아슬아슬하게 통과한, 혹은 통과하고 있는 십 대 청소년들에게 가 닿기를 바란다. 신인 작가로서, '다작하는 작가가 되고 싶다'는 출사표를 던지며 이 책의 마침표를 찍는다.

2015년 봄
이선주

창밖의 아이들

ⓒ 이선주 2015

1판 1쇄 2015년 3월 18일 | 1판 14쇄 2023년 4월 20일

지은이 이선주 | 책임편집 엄희정 | 편집 원선화 이복희 | 디자인 이지선
마케팅 정민호 김도윤 한민아 이민경 안남영 김수현 왕지경 황승현 김혜원 김하연
브랜딩 함유지 함근아 박민재 김희숙 고보미 정승민 배진성
저작권 박지영 형소진 오서영 | 제작처 영신사

펴낸곳 (주)문학동네 | 펴낸이 김소영
출판등록 1993년 10월 22일 제2003-000045호
주소 10881 경기도 파주시 회동길 210
전자우편 kids@munhak.com | 홈페이지 www.munhak.com
카페 cafe.naver.com/mhdn | 북클럽 bookclubmunhak.com
인스타그램 @kidsmunhak | 트위터 @kidsmunhak
대표전화 (031)955-8888 | 팩스 (031)955-8855
문의전화 (031)955-3576(마케팅) (02)3144-3236(편집)

ISBN 978-89-546-3565-3   03810